ブラックキャット

松嶋智左

BLACK CAT

MATSUSHIMA Chisa

光文社

ブラックキャット

装幀　坂野公一＋吉田友美（welle design）
写真　Adobe Stock

プロローグ

『悪いやつだから』

悪いやつはやっつけないといけない。なにがあっても許してはいけない。

当時、流行《はや》っていた戦隊もののヒーローが、死に瀕《ひん》した親友から託された言葉だった。傷の痛みや死ぬかもしれないという怖さのなかで、みんなの幸せや世界の平和を願う気持ちを口にする。そんな強さと正しさがあることを知って幼い胸は揺さぶられた。子どもも心に憧れて、そうありたいと願った。だから試されるときがきたと知って、勇気を振り絞った。

夏だったと思うけれど、自信がない。耳をふさぎたくなるほどうるさく鳴いていた蟬《せみ》の声が、まるで聞こえなかった気がする。夜が間近に迫っていたからかとも思ったけれど、季節は夏ではなかったのかもしれない。ただ、体のあちこちが熱くて変な汗をかいていたからそう思ったのだろう。

街灯が点《とも》りだして、地面に落ちる影が濃くなった。コンビニのなかで待つようにいわれたが、他の客が気になってしようがなかった。後ろから『あっちを見て』といわれて視線を外に向けると、悪いやつがガラス越しに前の道を過《よぎ》ってゆくのが見えた。

少ししてから店を出て、足音を立てないようにあとを追った。悪いやつは尾《つ》けられているとも知らずに、ゆったり歩いている。道が分かれているところで首を左右に振ったので、側《そば》にあった電柱に飛びついた。自分の影が電柱の影とくっついて、醜い瘤《こぶ》のように見えた。

工場の塀が延びているだけの寂しい通りだったが、サラリーマンや学生が使う道だから怖いことはない。なのに、そのときは誰もいなかった。そうか。休みの日だったのだ。土曜だったか日曜だったか、もしかすると祝日だったかもしれない。

狭い一本道で、突き当たりには手すりのついた急な階段がある。下りれば駅はすぐだ。いつもは結構な人が行き交うけれど、休みの夜はあまり見かけない。

悪いやつは右肩からバッグをかけていたが、手すりを握るために左の肩にかけ直した。そして左手をお腹《なか》に当てて一歩階段へと踏み出す。

『ほら、今よ』

背中を押され、電柱から飛び出すと、そのまま一気に駆けた。走るのは得意だ。悪いやつは足音に気づいて、顔だけこちらに向けた。右手はまだ手すりを握っておらず、手探りしているかのようにゆらゆら揺らしていた。

両腕を伸ばした。伸ばしながらのダッシュは難しいけれど、問題はなかった。悪いやつはびっくりしたように目を大きく開け、一緒に小さな口も開けた。なにかいった気がしたけれど、聞き取れなかった。

両の掌《てのひら》が腰の少し上辺りに触れた。もう一歩、ぐんと踏み出して体当たりするように押した。勢いがつき過ぎて自分まで階段から落ちかけた。びっくりしたけど、素早く手すりを握ってなんとか堪《こら》えた。危なかった。よくここで遊んでいたから、手すりや段差の位置感覚を体が覚えている。そのお陰で落ちずにすんだ。

悲鳴が聞こえた。テレビの戦隊ものでも、やっつけられるときの悪いやつの悲鳴は少しも可愛《かわい》くない。カエルを踏み潰したときのような声ばかりだ。でも、この悲鳴は違った。ちょっと怖くなるような、耳だけでなく胸までが痛くなるような声だった。手すりにしがみついていたせいで耳をふさぐことができず、悲鳴が丸々聞こえた。力が抜けて、その場に座り込んでしまった。じっとしていると、心臓の音がどんどん強くなってゆく。音と一緒に呼吸までも忙《せわ》しくなる。

口を開けたまま、手すりを離して掌を広げて見た。悪いやつの体の感触が残っている。気持ち悪かった。柔らかくて温かくて、とにかく気持ち悪かった。早くこの場を離れて、戻りたいと思った。そうする約束だったから。だけど、動けなかった。階段の下を見てしまったからだ。

三十八段ある。学校の帰りに友達とダッシュで駆け上がる遊びをするから数は知っている。一番下に今、悪いやつが倒れている。横向きになって目を瞑《つぶ》っていた。夜だから周りは暗いけれど、階段下には街灯があって、まるでスポットライトのように当たっていた。右側を下にして、くの字に体を曲げていた。柔らかそうな素材の、ウエストを絞っていないワンピースを着ている。白っぽいピンクで裾にいくほど色が濃くなるグラデーションだ。

めくれた裾から白い両脚が膝《ひざ》上まで見えている。見ている先で脚の付け根辺りから濃い色が滲《にじ》み出てきてゆっくり広がった。少しして血だと気づいた。

膝はがくがくしていたけれど、手すりを支えにしてなんとか立ち上がる。そしてひとつだけ階段を下りた。後ろから呼ぶ声がした。すぐ戻るという約束だったけれど、声を無視してまたひとつ階段を下りていた。またひとつ――。そのとき、わたしのどこかががくんと揺れた。

目だ。目がこっちを見ている。体は横を向いているから左目だけしか見えないのに、そのひとつだけの目が開いて、黒目がぎょろりと動いた気がした。階段の上にいる人間を捉えようとしている、そう思った。

恐ろしさに痙攣《けいれん》し、思わずその場で尻もちをついた。自分の歯が震えてカチカチと音を鳴らす。時間にすれば僅《わず》かだったかもしれないが、このままだと目で殺される、仕返しされる、なぜかそんな気がした。それでも動けなかった。

いきなり凄《すご》い力で後ろに引っぱられた。突然だったので階段の角に右足の甲をぶつけて、思わず痛いと叫んだ。襟を摑《つか》まれ、アスファルトの上を引きずられて階段から離れる。引かれながら、なんとか首を回して下を見たら、もうあの目はなかった。悪いやつは横たわったまま目を瞑っていた。まるで最初からそうだったかのように。

ワンピースはピンクでなく、真っ赤に色を変えていた。

電柱の陰に入ったところで、ようやく解放された。両膝は擦れて血が滲んでいる。痛くて、辛《つら》くて、怖くて、そして不安で。

『なにが不安なの？』

そう訊《き》かれてもうまく答えられなかった。両手の指先が細かに震えるのが止められず、無性に恥ずかしかった。必死で平気そうな顔をして、問いかけた。

『悪いやつだったんだよね。これでいいんだよね。悪いやつをやっつけたからもう大丈夫だよね』

月の光を背にした黒い姿は、見下ろしながら確かに頷《うなず》いた。

『そうよ。これで大丈夫。あなたのお陰でパパは助かったの』

『本当に？』

陰になっていても母の顔に笑みが広がっているのはわかった。大好きな母親の美しい笑顔が嬉《うれ》しかった。これでもう大丈夫だ——。

1

九月の初めなど、まだ夏の盛りといっていい。

カーテン越しに強い陽射しを感じる。時計を見てベッドから起き上がると、すぐに窓を開けた。そして耳鳴りのように聞こえていた蟬の声がしないことに気づく。アパートの二階から見える範囲にある樹々《きぎ》を見渡し、耳を澄ますがやはり聞こえない。ほっとする気持ちのまま、ダイニングキッチンに入る。

グラス一杯の冷たい水を一気に飲み干し、フローリングの床で軽くストレッチをしたあとランニングウェアに着替えた。キャップを被《かぶ》り、スマートホンをアームバンドに装着してイヤホンをつける。玄関を出て階段を駆け下り、そのまま利根川《とねがわ》沿いを一時間ほど走る。

出てみてわかった。今日も暑い。


午前八時半、白澤蕗《しらさわふき》は県警本部庁舎の四階まで、一気に階段を駆け上がる。廊下の窓の向こうでは、楽歩道前橋公園《らくほどうまえばし》の緑が陽の光を受けて輝いていた。早足で駆け抜け、南東角の部屋のドアを開けると同時に挨拶《あいさつ》の声を上げた。

「お早うございます」

くぐもった声で返してくれたのは、昨夜《ゆうべ》の当直担当、松元《まつもと》班の尾上翔《おのうえしよう》巡査部長だ。自席から眠たげな顔を向けて、「早いね」といつもと同じセリフをいう。

尾上の向かいの席にバッグを置くと、「コーヒー淹《い》れますけど、飲みます？」と声をかけた。尾上は右手を左右に振って、左の手を掲げて紙コップを見せる。食堂の自販機のものだ。蕗は頷いたあと、部屋の隅にある給湯コーナーでコーヒーメーカーをセットする。できるまで部屋の隅々を見渡しながら、尾上に昨夜はどうだったかと、形ばかりに尋ねる。

当直中になにかあればすぐ連絡が入る。入らなかったということはなにもなかったということだ。本部の当直など単なる連絡係だから、事案さえなければなにもすることがない。思う存分休憩できた筈《はず》だが、尾上は赤い目をして疲れた表情を浮かべていた。

ここは群馬県警本部刑事部捜査一課。一課長は五十代半ばの高桑祐里《たかくわゆり》警視で、刑事部参事官と兼務だ。そして蕗が所属するのは、松元賢造《けんぞう》警部を班長とする強行犯係、通称松元班。蕗は所轄の刑事課から本部に配属になって、丸二年になる。年齢は二十九歳で巡査部長、班内では一番の新米。

「いったいなにをしていたんですか。目が赤いですよ」

尾上は、こくんと子どものように頷くと、「S」の愚痴を聞いていたといった。Sは、捜査員が犯罪に繋《つな》がりそうな情報を手に入れるために使っている、いわゆる裏社会の情報屋だ。元反社だったり、ノミ屋だったり、風俗店の店員だったりと様々で、Sがいるからこそ捜査員は事件の端緒を得ることができる。ときに潜伏している犯罪者の居所を知ることもあるから、疎《おろそ》かにできない。

尾上は、蕗より三つ上の既婚者。お世辞抜きに見た目がいい。中学生のころにはアイドルを目指し、芸能事務所のレッスンを受けてデビューも決まっていたというが、松元班では誰も信じていなかった。きたばかりのころの蕗は、その整った容姿と穏やかな性格、耳に心地よいハスキーボイスからすっかり真に受けた。だが二か月もすれば、アイドルではなくてホストをしていたのではないかと考え直すようになった。

尾上は松元班にきて六年になるが、刑事としての手腕は誰もが認める。特に、聞き込みにおける情報の入手量は刑事部一ではないか。

女限定だけどなと、班長を含め仲間はみな含み笑いをする。世間でいうところの女たらしに近い。相手の懐にするりと入り込み、信用を得て、様々な情報を引き出す。蕗も何度か目にした。一度など相手の心情に寄り添うあまり、涙まで流したのにはさすがに驚いた。あとで、こんなのすぐに出せると笑ったのには、二度驚かされた。アイドル時代、そういう訓練もしたのだと、本当かどうだかわからないいいわけをして煙《けむ》に巻く。

そんな尾上が抱えるSはやはり女性が多いらしい。情報を集めるために、裏社会に通じる協力者は必要だ。かといって近づき過ぎると刑事が逆に取り込まれたりするから、加減が難しい。ましてや異性のSは、恋愛感情が生まれやすいから要注意だ。

「常から愛想良くしておかないとね」

尾上はまめに情報を集め、Sの喜びそうな話をしてやったり、相談に乗ったりしている。そんな様子から、この人はいずれあっちの世界に引き込まれるのではないかと不安に思ったが、班長は目元だけ弛《ゆる》めて、心配ないといいきる。

尾上翔は妻ひと筋らしい。他の同僚に聞いて、二度驚かされる。幼馴染《おさななじ》みだった女性と、警察学校を卒業するなり結婚して、今は三児の父。結婚して十年にもなるのにいまだに新婚のようだと、一課のほとんどの刑事は理解不能という顔をする。

当直のときはSの相談に乗ったりするが、それ以外はほとんど電話で妻とばかり話をしているのだ。勤務時間を私用に使うなどもっての外だが、人当たりのよい尾上を責める者はいない。蕗も、「そうなんですか。お疲れさまです」とだけ返しておく。

コーヒーを一杯飲みきるころにはメンバーが揃《そろ》う。

松元班には尾上と蕗以外に、今年四十歳になる警部補の佐久間英樹《さくまひでき》、巡査部長で来春定年退職となる岡枝毅《おかえだつよし》がいる。

一課には、松元班以外にもうひとつ鈴原《すずはら》警部率いる班があるが、こちらは一昨日《おととい》起きた強盗致傷事件で、所轄の捜査本部に出向いていた。だから部屋は、松元班だけでがらんとしている。事件はなくとも仕事はある、という班長のひと声で、溜《た》まっている書類整理やデータ入力、必要経費の取りまとめなどこまごました作業を始める。

「昼にしよう。外の定食屋に行くがどうだ」

松元班長が事務仕事をせっせとこなす部下を労《ねぎら》うかのように誘う。すぐに佐久間と岡枝が立ち上がり、尾上は半休願を出そうか迷っていると返事する。仕事が入っていないときは極力溜まっている年休を消化するようにいわれていた。当直明けでもあるから、午後から休みをとって妻と出かけようと考えたらしい。

「ふふん、お出かけどころかホテルに籠《こも》る気だろう。少子化に気を遣《つか》ってくれるのは有難いが、もうそろそろいいんじゃないか」

岡枝が茶々を入れる。警官人生のほとんどを刑事として生きてきた岡枝は、一見柔和な近所のおじさん風だが、被疑者を相手にしたときはどっちが凶悪犯かと思うほどの豹変《ひょうへん》ぶりを見せる。明白な証拠がないにも拘《かか》わらず、取調室での尋問だけで落とした被疑者は数えきれない。一番の年長者ということもあり、松元班だけでなく一課の捜査員みなから尊敬され信頼されていた。だからというわけでもないが、少々の戯言《ざれごと》やハラスメント発言も大目に見られている。今も、尾上は抗弁するでもなく、耳たぶを赤くして、にこにこと笑っている。それを見て、班長や佐久間までもが大笑いする。蕗も控えめに笑顔を作る。尾上の机の引き出しに、ラブホの割引券が大量に隠されているのはみな知っていた。

「白澤はこないのか」

松元班長が猪首《いくび》を回して目を向ける。

「はい、今日は食堂に行きます」

蕗はそういってちらりと窓際へ視線を流した。班長は小さく頷き、佐久間と岡枝を連れて部屋から出て行った。

尾上がせっせと半休願をパソコンに入力しているのを横目で見ながら、奥へと向かう。部屋の窓側にひときわ大きな執務机がある。

「課長、食堂に行きますがどうされますか。こちらへ運びましょうか」

高桑祐里は書類から顔を上げると、さっと視線を振って松元らがいないのを見て取る。

「もうそんな時間？　いいわ、わたしも食堂に行きます」

「はい」と側で支度するのを待つ。

尾上がそれを見て慌てて席を立ち、「課長。今、休暇願を入れました。お願いします」といいにきた。祐里は素早く画面を出し、課長承認を押下《おうか》する。

「松元さんにももらっといてね」

「はい。ありがとうございます」と綺麗《きれい》な笑顔で定められた通りの室内の敬礼をする。蕗らが出て行ったら、勝手に班長のパソコンにパスワードを打ち込んで承認ボタンを押すだろう。班員がそうするのを班長も認めていた。もちろん規則違反だが、松元班長は部下を信頼しているからと意に介さない。ただ課長や他の部署には内緒であることだけは班員同士の固い約束だ。

「さあて、今日はなに食べようかな」

捜査一課長は、大きく背筋を伸ばした。夏制服のシャツとパンツにベストを合わせているが、痩せたのかサイズが少し大きいようだ。蕗は私服なので、白いシンプルなブラウスと黒のスラックス。二人で廊下を歩いていると、行き交う警官らが丁寧に頭を下げる。そのたび祐里は顎を引いて返しながら混雑するエレベータに乗り、地下にある食堂へと向かった。

焼き鯖《さば》定食と唐揚げ定食をそれぞれ手に持ち、奥のテーブル席に着く。箸《はし》を握ると祐里は、「いただきます」と子どものように声を出して汁椀《しるわん》を手に取った。

蕗も唐揚げを口に入れる。添えてあるキャベツを食べていると、祐里が「トマト要らないんでしょ。もらうわね」と箸を伸ばした。何度か食事を一緒にしているから、蕗がトマトを苦手にしていることは知っている。

今日の祐里は機嫌がいいらしく、話を続ける。

「他の人のことも段々わかってきたわよ。松元さんは酒豪で甘党、夏でもホットコーヒーで砂糖とミルクたっぷりでしょ。佐久間さんは細身で物静かな人だけど、テレビのコントローラーを握り潰す握力の持ち主。岡枝さんは、ああ見えてお酒に弱く、ビールジョッキ一杯で寝落ちする。尾上くんは家事いっさいができるイクメンで柔剣道の有段者、子どもを預けて今日も奥さんとデート」

蕗は頬張りながら、笑みを作る。

祐里は、今年の春、一課長として異動してきた。まだ、半年経《た》ったばかりでようやく慣れてきたところだろう。きた当初は、傍《はた》から見ていても気負っているのがわかった。

身長一六〇センチ、体重五〇キロちょっとというのは本人の弁だ。実際見た感じでも、平均的な体軀《たいく》だ。ショートカットの髪には数本白髪が交じり、色黒だが艶のある肌をしている。顔の造作は小ぶりだが、目に力があって真っすぐ見つめられると自然と姿勢を正したくなる。

女性警視が一課長になるのは、群馬県警では初めてのことだ。刑事課に女性が配されるようになってまだそれほど経っていない。それまで、女性被疑者を調べる際には所轄なら防犯課、今でいう生活安全課の女性警官に応援してもらっていた。生安《せいあん》に女性がいないなら、交通課や総務課の女性警官、女性職員に手を貸してもらっていた。現在はどの部署にも、白バイや機動隊にまで女性警察官は配されているし、過去には女性の本部長もいた。そんななかでも、県警本部一課長の座だけはずっと男性警視が就いていた。ただ実際問題として、一課長に求められるのは統率力、判断力、そして上や横との折衝術だ。捜査自体は班長以下の班員がすることで、一課には松元や鈴原のような長く強行《きようこう》犯係を務めてきた優秀な刑事が配属されているから心配ない。部下が課長に期待するのは、いざというときの責任は持つ、というその一点に尽きるのかもしれない。それがあれば、捜査員は後顧《こうこ》の憂いなく獲物を追い回すことができる。

祐里もその辺のことは事前に学んできている。だから不必要に課員と交流を結ぶこともせず、飲み会への強引な誘いもプライベートなお喋《しやべ》りもしようとはしない。だが、それでもある程度の親密さは持ちたいと思っている。そのことは何人もの一課長を迎えてきた班長らもわかっていることで、蕗は班長から耳打ちされていた。用がなくともなるだけ課長に声をかけ、班員との橋渡し的な役を務めてもらいたい、と。

同じ女性だからだろう、一課には鈴原班にも女性捜査員がいるから蕗と二人でその役目を仰せつかることになった。

そんな一課長から、着任してまだひと月も経っていないころ、食べ物の好き嫌いだけでなく性格についてもひとくさりいわれたことがあった。

白澤さんはクールに見えるけど案外と情熱的な方でしょ、行動力なんかは男性にも引けを取らないけど、落ち着いて考えて最善の方法を見つけるよりも感覚で動くところがある、と指摘された。むっとしたが、当たっている気もしたので引きつった笑いでやり過ごした。あとになって、同じ女性同士だからと馴《な》れ合わず、仕事中は立場を弁《わきま》えるようにと釘《くぎ》を刺されたのだと思った。もちろん、そんな気はさらさらなかったのだが。

「白澤さんは、もうご両親はいらっしゃらないのよね」

そうはいっても一緒に昼を摂《と》ることが多いから、砕けた話もする。休憩時間だからいいのだろう。とはいえ、いきなりその話かと内心、まいったなと吐息を唐揚げと一緒に呑《の》み込む。若いころから優秀で、順調に出世コースを辿《たど》ってきた女性課長は独身だ。噂《うわさ》では、警察の仕事が好きで趣味といったものもなく、休みの日も喜んで出勤していたとか。そのせいか、少し世間ずれしている感がある。

半年一緒に働いて、祐里の仕事ぶりはある程度わかった。熱心できっちりしていることは誰の目にも明らかで、頭の回転も速い。癖のあるベテラン刑事を相手に、我を張ることもなく経験不足を認めて、素直に教えを乞う。だからといって甘い顔は見せない。いい加減な仕事をしたときは、遠慮なく叱責し、厳しい処断も躊躇《ためら》わなかった。

松元班長もヘタな男性課長よりずっといい、といっている。

無事、一課長の仕事をこなせば、次はどこかの署に出て副署長となり、定年を迎えるだろう。誰もがそう思っていたが、あるとき、『きり良く上がりたいわ』と呟《つぶや》くのを聞いた。きり良く、つまり副ではなく、署長として終わりたいということだ。本部の課長を経験したなら、小さい署の所属長も夢ではないが、枠が限られているから、なかなか回ってこない。もしそれを確実にするなら、刑事課長時代になにか手柄を立てて目立つことが必要だ。

そんな祐里の話を班長や岡枝に聞かせるると、ほおという表情をして顔を見合わせた。

『つまりは俺らにしっかり働けってことだ。課長さんを無事所属長にしてさし上げるか、なあ、岡さん』と班長がいうと、岡枝は頷いて蕗に目を向けた。『白ちゃんも頑張らんとな』

頑張ってますけどといい返すと、ほらほらそんな風にすぐムキになって顔に出るところがなぁ、と祐里と同じことをいわれたのを思い出した。

箸を動かす祐里の目を見て答える。

「はい、二人ともわたしが警察官になる前に他界しています」

「独りよね。寮だっけ?」

「いえ、本部の近くのアパートを借りています。もうすぐ三十ですし」

「そっか。わたしは四十半ばまで清風寮《せいふう》にいたけどね。新人警官のご両親が様子を見にこられたとき寮監と間違えられたわ」

上手に鯖の骨を取り除いて、パクリと口に入れる。笑っていいのかわからなかったので、蕗はすぐに唐揚げを口に放り込んだ。

「プライベートなことを訊いて悪いわね。松元班に仕事が入らないと、いつまでもこうやって白澤さんがわたしの相手をすることになるでしょ。いい加減、話のネタもなくなるのよね」

ぐっと喉を鳴らして、むせそうになるのを堪える。かろうじて、いえ、そんなことはとだけいう。

「そう？　松元、鈴原両班長から、女性同士仲良くやってくれっていわれているのでしょ。ま、それはいいんだけど、事件のないときの一課がこれほど暇を持て余しているとは思ってもいなかった。やってみなけりゃわからないものね」

「いいえ、暇ということも。鈴原班は出張《でば》っていますし」

「うん。午後からわたしはそっちの捜査本部を覗《のぞ》いてみるからいいんだけど。どうだろう、することがないんなら、あっちを手伝うっていうのは」

蕗は、黙ったまま首を動かすこともせず、瞬《まばた》きだけを繰り返す。同じ一課の強行犯担当、仲が悪いわけではないが、班長が二人いては部下は動き辛い。祐里もさすがにそれはわかるらしく、「松元さんは居残ってもらって」というのに、「いえ、それはちょっと」と素早く抗議する。

祐里は、やっぱ駄目か、といい、諦めたように汁を飲み干した。椀を置くなり、「白澤さん、他にご家族は？」と話が戻る。事件がないと課長も暇なのだ。職員の身上票を見ている筈だから知っているだろうにと思いつつ、「兄が一人」と答える。妙なニュアンスが出ていないか気になって、また唐揚げを口に入れる。

祐里はそれ以上突っ込む気はないようで、話題を変えた。アパートの部屋は広いのか、新聞はとっているのか、トリートメントはなにを使っているのか、という無難な話に終始する。

「じゃあ、遺伝かしらね」

シャンプーもトリートメントも市販の安いのを使っているというと感心したように呟く。

蕗の髪は肩までの長さのストレート。もちろん、染めていないから漆黒。昔から、容姿よりもまず黒髪が綺麗だと褒められてきた。身長こそ祐里より一〇センチ近く高いが、他は十人並み。目鼻も肌艶も特に注目すべき点はない。美人だ可愛いといわれたことはないが、かといってけなされたこともない。それはきっとこの髪のせいだろうと思う。大した手入れもしていないのに、光を呑み込むほどの黒さと艶があって、学生時代は黒澤と呼ばれたくらいだ。

亡くなった祖母は烏《からす》の濡《ぬ》れ羽色《ばいろ》だね、ひとつでも取り柄があるのはもうけものだと喜んだ。微《かす》かに湿り気を帯びているせいか手櫛《てぐし》で梳《す》くと、指のあいだを通るときに独特のまとわりつく感が生まれる。昔、つき合った彼氏が、それだけで興奮するといった。もっとも警察学校に入るため短く髪を切ったら、途端に振られた。警察官になったせいだと思うようにした。

「いいなぁ」

祐里は、捜査本部が立っているあいだ髪の手入れもおざなりになるから、事件が片づくたびに美容院に行くという。それでも、そんな風に髪に艶は出ないと嘆いた。

午後からも事務作業に集中する。祐里は、刑事総務の車で桐生《きりゅう》署にある強盗致傷事件の捜査本部へと向かった。

県警本部の最寄り駅は上毛《じょうもう》線の中央前橋《ちゅうおうまえばし》駅になるが、それでも徒歩十五分以上かかる。ＪＲ前橋駅からは更にかかってバスを使うことになる。それが嫌で蕗は、本部と前橋駅との中間、国道十七号から一本なかに入ったところの、コンビニの角を曲がってすぐの二階建てのアパートを借りている。一階、二階それぞれ五部屋ずつの計十所帯が入居していて、建物の南端に外階段がひとつある。一階はフェンスで囲まれた小さな庭がついていて、ひまわりが夜目にも大きく開いているのが見えた。

二階の一番奥が蕗の部屋だ。

ここに引っ越してまだ二年ほど。捜査一課に配属が決まって、清風寮から本部に近いこのアパートへと移った。1LDKだが官公庁街だからか家賃はそれなりにして、勤続七年目の公務員には正直厳しい。やりくりはいつも苦しいがそれでも、なにかあったときにすぐに駆けつけられる利便さには替えがたかった。

招集がかかったなら、誰よりも先んじて一課の部屋に飛び込みたい。上司の覚えめでたくなりたいわけではなく、早く行けば早く事案の内容を知ることができ、早く資料を手にすることで誰よりも多く情報を頭に入れられるからだ。事件は情報が要だ。

一課にきて、松元班の手腕は何度も目にした。

聞き込みにいったときの岡枝の目の動き、相手によって変える表情や口調、佐久間の神経質とも思えるほどの物証へのこだわり、尾上の逃げる相手をどこまでも諦めずに追い続ける執拗《しつよう》さ、どれもが自分に必要なものだと思った。そして、松元賢造。

年齢は四十七歳。身長一八六センチで体重は一〇〇キロを超えるとか。固太りで、走ること以外なら今も若手に後れをとることはひとつもないと豪語する。しかもこの体格だから、側に立たれるだけで覆いかぶさられているような圧迫感を受ける。強行犯係が長く、功績も数多い。

特に八年前に起きた通り魔殺傷事件は記憶に新しい。十七名の死傷者を出すという県の犯罪史に残る悲惨なものだったが、松元賢造は当時、警部補で所轄の強行犯係長だった。事件を担当し、逃走していた犯人を見事捕らえた。被疑者は逮捕後、パトカーではなく救急車で搬送された。怪我《けが》をしていたからだけでなく、酷《ひど》く怯《おび》えて歩くこともできず、ずっと泣き通しだったからと聞いた。

蕗が警察官になる前のことで、松元班に配属されるなり、こっそり本当の話なのか岡枝に尋ねてみたことがある。岡枝は、『ああ、班長がなんかしたんじゃないかって噂のことか？ あれは単に、被疑者が抵抗したせいで起きた事故だ』と肩をすくめた。だが、唇を舐《な》めるだけの間《ま》を置いて、『わしなら、人間に生まれてきたことを後悔するまでやっただろうな』と歪《ゆが》んだ笑みを浮かべたのには言葉を失った。その事件では、入園式帰りの幼い子どもとその両親も犠牲になっていた。

 しかもあの体軀のどこにあるのかと思うような繊細さも発揮する。被疑者、参考人、現状《げんじょう》、証拠品、全てを頭に入れて組み合わせ、小さな違和感に気づくとそこを追及し、思いもよらない繫がりを見つけ出す。一課の班長と班員は、いわば猟師と猟犬。山の気配、風向き、地面の具合、それらから経験と洞察力で推理し、猟師は獲物の居る場所へと足を踏み入れる。そして猟師の指し示す方向へ、猟犬はがむしゃらに駆け出すのだ。

蕗も何度か、班長の指示のもと同僚と共に被疑者を追いつめた。実際に手錠をかけて逮捕した者もいる。初めて手錠をかけたときの興奮を今も忘れない。悔しそうに顔を歪め、それでも抵抗しようとする相手の腕を力いっぱい捩《ね》じ上げ、引き寄せて手首に叩《たた》きつけるように当てると、黒い半輪がくるりと回転してカチリと鳴る。正義の輪によって犯罪が封じられる音だと思った。

そんな班にきて、口で教えられたことなどほとんどない。唯一教わったのは、物怖《ものお》じせず思うことを口にし、多くのことを経験しようと貪欲に動き回る、それが一番身につくということかもしれない。

アパートの階段を上って廊下に立ったとき、奥の突き当たりに妙な気配があるのを感じた。廊下に電灯はあるが、蕗の部屋の前は薄暗い。少し下がっていつでも階段を駆け下りられるように意識を向ける。

誰かいるの、と問う前に声がした。部屋の前でうずくまっていた体がゆっくり起き上がる。

廊下の幅はおよそ一メートルだが、ほぼその幅いっぱいに影が広がる。左右の肩を上下に揺らしながら、灯《あか》りの下まで出てくる。

蕗の兄、白澤然《ぜん》は笑顔を見せて、片手を振った。

2

リビングの二人掛け用のソファの真ん中に腰を下ろし、然は両足をだらしなく広げる。そしていつもの癖で、右足の膝頭を撫《な》でさする。

蕗は麦茶を入れたグラスを運んで、ローテーブルに置いた。然は、ちらりと見て不服そうに唇を歪めると、「アイスコーヒーはないの」と訊く。

「ない」

舌打ちしたあと、よいしょと背を起こしてグラスを手に取ると一気に飲み干した。

また太ったのではないか。蕗は、立ったまま兄の姿を見下ろす。最後に会ったのはいつだったか。確か――。

「二年振りだよなぁ」と先にいう。今度は蕗が舌打ちする。兄の然は、妙に蕗の考えを先読みするところがある。たまたまなのだと思うが、どうにも腹立たしい。

「どうしてここがわかったの」

警察学校を卒業すると自宅通いでない者はほとんどが清風寮に入る。だから居所を隠すことはできなかったが、このアパートに移ったときはこれで兄が訪ねてくることはないと安堵《あんど》したものだ。

「うん？」と惚《とぼ》けた顔をする。

「どうしてここを知ったのよ。いいなさいよ」

蕗は万一に備え、両親の戸籍から抜け、然とは別の戸籍を作っていた。住民票を移しても戸籍の附票から現住所を知られる恐れがあったからだ。然が附票のことを知っているとは思えなかったが、念には念を入れた。それなのに。

然は大仰に眉根を寄せると、「怒るなよ。誰かに聞いたわけじゃないよ。第一、教えてくんないだろう、そういう、個人情報みたいなこと。実の兄だっていうのにさ」という。

寮か警察で尋ねることは一応しただろうが、簡単には教えてもらえなかった筈だ。睨《にら》みつけると、わかったわかったという風に頷く。

「あとを尾けたんだ」

「え。わたしの？」

「違うよ。出前してもらったんだ。ほら、寮の近くの商店街にあるだろう。小さなお寿司屋さん」

商店街といっても短い通りで、十軒もない店舗が細々と商いをしていた。寿司店の店員が寮に注文の品を届けると、蕗はもうとっくに引っ越しているといわれる。すぐに然に連絡を入れただろう。だが、通じない。途方に暮れているのを見て、寮監だか寮生だかが、新しい住所を教えた。そちらに行くようにいったのだ。そして店員はこのアパートへと向かった。後ろから然が原付バイクでついてきているとも知らないで。清風寮からここまで、バイクなら二十分くらいでこられる。もっと離れていたなら、店員も諦めただろう。そして寮から蕗に連絡が入っていても、うまくいかなかった筈だ。ただ誕生日祝いの寿司だといわせたところが、然のずる賢いところだ。わざわざその日を選んでいたのだから、寮監らもつい信じてしまった。

「お寿司なんか届かなかった」蕗は納得がいかない顔をした。

「うん。僕がすぐあとを追いかけて、店員がチャイム押す前に止めた。住所を間違えて教えちゃったんで慌ててやってきたって風にね。お金もちゃんと払ったし、寿司は階段の下で全部食った」

どうしてそういうくだらない悪事にだけ、頭が回るのだろう。然はなおも、自分のアイデアを解析するかのように、「でも、ま、ある程度はついていたともいえるかな。配達のおじさんがちゃんと誕生日祝いだっていってくれたのが良かった」とドヤ顔をしてソファの上でふんぞり返る。

蕗は怒りを抑えて、諦める方へと気持ちを切り替える。どのみち、いつかはここも知れていただろう。二年も持ったのだから、まだマシと思うしかない。

兄の白澤然は六つ上の三十五歳。高校を卒業し、大学受験に失敗して仕事を始めたがうまくゆかずフリーターになった。賭け事が好きで、パチンコや競馬で多少お金が入るようになると仕事を全くしなくなった。もちろん、いつも稼げるわけではない。お金に困ると怪しげな商売に手を出すこともあったが、今のところ逮捕されるまでには至っていない。一度だけ身柄を受け取りにくるよう警察からいわれて出向いたことがある。あのときは確か、キャバクラの強引な客引きで聴取を受けたのだった。

そんな然が、捜し出してまで蕗に会いにくるなど碌《ろく》なことじゃない。同じリビングにいることが、えずきそうになるほど気持ち悪い。思わず、ベランダの戸を開ける。

「クーラーが効かないじゃないか」

然の文句など知らん顔で、外へと顔を向けた。黙ったままの蕗の様子を見て、さすがにこのままでは埒《らち》が明かないと思ったのだろう、いきなり然は床に座り込んで両手を突いた。

「頼む。助けてくれ」と土下座する。

「嫌。帰って」

「まだ、なにもいっていないのに」とブルドッグの口のように、深く口角を下げた。そして再び、頭を床につけると小山のような背を震わせた。

「このままだと、僕、殺される。頼む、蕗、助けてくれ。一生の頼みだ」

同じセリフをこれまで何度聞かされただろう。そしてたった一人の妹である蕗に多大な迷惑をかけてきた。

そのほとんどが金絡みだ。ギャンブル、ゲーム、友人に騙《だま》された、商売に失敗した。そのたび、もう首を吊《つ》るしかないと泣いてすがった。地方公務員に過ぎない蕗の給料などしれている。

ただ、身なりや趣味などに興味がなかったから、寮にいたころは、それなりに貯金もできていた。だが、アパートに移った今、日々の生活はぎりぎりだ。礼金、敷金などに僅かな蓄えも使ったから、どれほど頼まれてもなにも出ない。そういうと、然は床の上で胡坐《あぐら》を組み、途方に暮れた顔をした。

「ほんと？　ほんとにないのか？」

「ない。だいたい、これまでいくら出してやったと思っているのよ」

「それはもちろん、感謝しているよ。だけど、親が死んで親しい親戚もいない、この世でたった一人の身内じゃないか。父さんも母さんも、兄妹《きょうだい》仲良くしろっていってたし」

「そんなこと聞いたことがない」

「いや、お前は小さかったから知らなかっただけだ。僕は兄貴だから、常々そういうことを」

「だったら、兄貴らしいことすれば？　一度でも、ああ、兄さんがいて良かったと思わせてくれたことがある？」

「それは」と然は胡坐を組んだ右膝をぶ厚い掌で撫で回す。そしてわざとらしく、視線を落とし、「これさえなけりゃ、僕だって肉体労働をしてでも金を稼いでまともな暮らしをしていたさ」という。

蕗は歯をぎりぎり嚙《か》みながら、視線を外へと放った。

今朝にはなかった蟬の声が聞こえた気がした。すっかり夜の帷《とばり》が下りて、秋の冷気が漂っているのに。蟬ではなく、秋の虫の音《ね》だろうか。

あれは夏が終わって秋に入ろうかというころだった。

祖母の家の庭に大きな柿の木があった。まだ青かったが、丸くぼってりとした実がいくつもなっていて、いかにもおいしそうに見えた。兄と二人で木を見上げて、あの実は蕗の、あっちの実は然のもの、といい合っていた。

そのなかに、朱色に実を染め始めている柿がひとつだけあった。あれも蕗のものと叫ぶと、すかさず然は、僕が味見してやるといっていち早く木に取りついたのだ。このままでは兄に食べられると思った蕗は、すぐにあとを追って枝を伝った。

柿の木の枝は折れやすいので登ってはいけないといわれていた。収穫のときがくれば、祖母が枝切りバサミでもいでくれる筈だった。だが、然がするすると登ってゆくのを見て、そんなことは全て忘れてしまった。然が十一歳、蕗が五歳のときだ。

然が首尾よく柿を手に入れ、それを口にくわえて下り始めた。すぐ側まできていた蕗は、大きな幹を回って、然の口から柿を奪おうとした。細い枝に足をかけ、腕を伸ばした。然は取られまいと仰《の》け反《ぞ》る。二人を見つけた祖母が悲鳴を上げた。両手をしっかり幹に回していた然はともかく、蕗はその声に動揺して咄嗟《とっさ》に動いてしまった。衝撃で枝が折れ、支えを摑もうと思った手は空《くう》を切った。体は宙に投げ出され、そのまま真下の地面へと落ちてしまった。痛みよりも恐怖心から、蕗はひきつけを起こしたように泣き出した。祖母が、声を上げて駆け寄る気配がした。

だが、実際は声を出せるだけの余裕があったのだ。一方の然は、まともに地面に体を打ちつけ、声も出せず、手足ひとつ動かせないでいたと、あとで祖母から聞かされた。

落ちかけた蕗を、然は両手を伸ばして摑もうと、そのまま幹を蹴るようにして飛び出したのだ。妹を捉えると、そのまま体全体で抱え込み、歯を食いしばって落下の恐怖に耐えた。

当時、然は戦隊もののテレビばかり見ていて、自身でもよく真似《まね》て友人らと遊んでいた。十一歳の小学生が大人顔負けの勇気を振り絞れたのは、そんな然の単純な性格と、テレビの影響があったからかもしれない。

お陰で蕗はかすり傷程度ですんだ。ただ然は運悪く、庭石の上に足が落ちたせいで複雑骨折をした。整形外科に通い、リハビリを繰り返したが、右足を引きずる後遺症を負うことになった。

そんな目に遭っても、然は蕗を責めることもなく、足を引きずるくらい大したことじゃないという態度で接し続けた。だが、然が大学進学に失敗したころから様子が変わった。うまくいかないことの全てを足の不具合のせいにし始めたのだった。

然のなにかが壊れたのだと思った。いや、それまで抑えつけていたものが、解放されたのかもしれない。自分の人生は足の障がいのせいで終わったと決めつけ、露骨に蕗を責めるようになった。蕗が大学に進学し、恋人を得、友人を増やして充実した人生を送っているのを横目に見て、拗《す》ねて妬んで嫌みをいう。自分に同じことができないのは、全て足のせいだというい いわけを妹に認めさせようとした。はっきりと、あのとき蕗を助けなければ自分はちゃんとした人生を送れたのだといわれたこともある。

助けてくれたことを恩に着せ始めた。然が蕗を救ってくれたのは間違いないことで、そういう兄を受け入れるべきだという気持ちがどこかにあった。母親に金をせびり、蕗がアルバイトで得たお金までも使われ、賭け事やゲームに消えた。それでも兄に語りかけることをやめず、ごく普通の人生を送れるように一緒に頑張ろうと励まし、説得をし続けた。だがそのたび、障がいがない者に自分の苦労はわからないと撥《は》ねつけられた。

このままでは蕗自身の人生までも狂わされる、そんな恐怖を感じ始めたころ、母親が死んだ。これまで蕗の防波堤になってくれていた存在が消えたことで、いっそう然に対して恐れと嫌悪の気持ちを深めた。兄の不幸から目を背け、完全に決別することを決めたきっかけとなった出来事が起きた。

久しぶりに姿を現した然は、蕗が借金を断るのを見越していたらしく、目を輝かせていい仕事があると告げた。

『知り合いから紹介してもらったんだよ。ここで働けばすぐにお金になるんだ、それも結構な金額になって、兄妹二人が楽に暮らせるよ』

そう笑いながらデリヘルのチラシを渡してきた。そのとき蕗は、大学二年で司法試験を目指していた。法科大学院にも行かねばならないから、この先、お金が必要になることもわかっていた。蕗は怒り、泣きながら兄を説得しようと試みた。だが然は不貞腐《ふてくさ》れた顔で蕗を見つめ、『女ってのは、その体ひとつで金を稼げるんだからいいよな。男は汗水垂らして、へこへこ頭を下げて、それでも給料なんかたかがしれてるんだ。僕も女に生まれたかったよ』と嘯《うそぶ》くだけだった。

執拗にデリヘルを勧める然に対し、絶対嫌だというと、『どうってことないだろ、すぐすむんだ。それで万札がもらえるんだぞ』といい、『お前がそんな綺麗な体で人生を謳歌《おうか》できているのは、みんな僕が身代わりになってやったからじゃないか。お前ひとりが楽をしていいと思ってるのか』と怒鳴り、いつも以上に激しく詰《なじ》った。そして泣きじゃくる蕗の腕を掴むと、『外に車がきてるんだ。わざわざ迎えにきてもらったんだぞ、僕に恥かかせるなよ』と獣のような目で凄《すご》んだのだ。蕗は息が止まり、抵抗する力が抜けた。

然は蕗に引け目を負わせることで、自分の暮らしの糧を得ようとしている。羞恥《しゅうち》も肉親に対する愛情も微塵《みじん》もなく、ただ己の人生の安泰と射幸心《しゃこうしん》だけが然の全てなのだ。

引きずられるようにして路上に出ると、然は角に停《と》まる黒いバンへと真っすぐ向かった。スライドドアが開き、細身のサングラスをつけた男が無表情に手を伸ばしてきた。然の手から、サングラスの男へと蕗の手首が渡されようとしていた。

間違っている――。

そう頭のなかで叫ぶ声がした。これは犯罪だ。嫌がる女を無理やり風俗で働かせる、そして稼いだお金はみな然の元にいき、蕗は一生、抜け出せずに悲惨な毎日を強いられ、転落してゆく。この先にあるのは地獄だ。そこへ突き落とそうとする行為はたとえ兄であっても許されることではない。

そう思った瞬間、手首を回してサングラスの男の手を払うと、そのまま振り返って、然の顔に頭突きを食らわせた。ぎゃっという声と共に仰け反る然に蹴りを入れて、蕗は駆けた。黒いバンが追ってこられないところまで逃げなければと思った。

車だから、どれほど速く走ってもすぐに追いつかれる。家に戻れば、鍵を持っている兄に捕まってしまう。細い道を曲がりながら、懸命に考えた。どこへ逃げればいい。どこなら兄の手が届かないのか。どこへ、どこへ。

県道に出るとそのまま道沿いに走った。四つ角にきて、信号が赤にも拘わらず強引に道路を渡る。走行していた車からけたたましくホーンを鳴らされ、転がるように渡りきると思わず膝を突いて肩で息をした。ひりひりする喉を押さえながら顔を上げる。

目の前に四角い小さな建物があった。大きな窓があり、紺色の制服を着た二人の警察官が驚き顔で、勢い良く立ち上がるのが見えた。

「――んだ」

なにかいったが聞こえなかった。振り返って、太った体を見下ろす。然は、右足だけ崩した正座に変えて蕗を見上げていた。唇を震わせ、真っ赤に染まった両目から涙が滝のように流れていた。

「半グレの女に手を出しちゃったんだ。両手両足を折られるか、二百万出すかどっちか選べっていわれた」

もう然の涙に心揺さぶられることはない。同僚の尾上が、聞き込みの手段として涙ぐんでみせる方が余程尊く思える。

「半グレ？　二百万？　それがどうしたの」

蕗は、ソファの上を踏んで跨《また》ぎ、反対側のダイニングキッチンへ行く。グラスに水を汲《く》んで一気に飲み干した。そのまま流しに置いて、然を振り返るなり吐き出すようにいった。

「手足といわず、首も折ってもらえばいい」

唖然《あぜん》とした表情を浮かべると、然はわざとらしく丸い拳《こぶし》でぐりぐり涙を拭《ぬぐ》う。左足も崩すと、尻ポケットから紙を取り出す。それを広げて、見ろといわんばかりに突き出してきた。

そんな態度に既視感を覚える。前は、新しい就職先のパンフレットに、採用決定と出社する日時を記した用紙を見せられた。ちゃんと働くことになったから、借りた金は返せるといって蕗から金をせしめたのだ。採用決定と出社案内の用紙は、適当にパソコンで作ったものだとあとでわかった。然は金を手にすると追い込みをかけられていた街金に返済をし、残りで賭け事をして食いつないだ。

懲りずに同じ手でくるかと、バカにされた気分で眉根を寄せた。だが、然は察し良く首を振ると、よく見てくれ、といって更に掲げる。蕗は近づいて覗き込んだ。

誓約書、とあった。さっと目で追う。ようは、今後いっさい蕗に金の無心をしない、絶縁し、職場及び自宅に二度と近づかない、この誓約を反故《ほご》にした場合、接近禁止処分などの法的手段を取ってもらって構わない。

なるほど、と蕗はゆっくり目を瞬《しばたた》かせる。今度はこういう手できたか。屈んでいた体を起こし、両手を腰に当てて、にこっと笑ってみせる。然は、誓約書をぶら下げながら、思わず笑い返す。

蕗は、然の手から誓約書を奪うと、そのまま両手でくしゃくしゃに丸めて、隅のゴミ箱へと投げつけた。丸まった紙は入りそこねて床に転がる。

「なにするんだよー」

「ふざけないで。こんなもの、なんの役にも立たない。親子であれ、兄妹であれ法的に完全に関係を解消する手段なんかないの。わたしが警察官だってこと忘れた？　さあ、帰って。帰らないと一一〇番して不法侵入だといって突き出すわよ」

「そんなぁ。兄貴が妹の家にきてなんで不法なんだよ」

「刑法なら親であろうと兄であろうと、不法行為があれば処罰できる。帰れといっているのに帰らない場合は、脅迫、暴行などの容疑で引っ張れる」

はったりだったが、然は上目遣いに妹を見、全身で息を吐いた。仕方がないと呟きながら、また尻ポケットから折りたたんだ紙を出す。蕗が覗き込もうとすると、慌てて引き寄せ、離れたところで紙を広げる。また、奪われてゴミ箱に投げられたら困ると思ったのだろう。少し遠目だが、なんとか文字を追う。

「登記簿謄本？」

「うん。ほら、ここ」

そういって然は、権利関係の欄を指で示す。目を凝らした。

三年前に所有権移転登記がなされ、白澤然が所有者となっている。だが、同日設定で金融会社の抵当権がつけられていた。

「これをお前にやる。抵当権はついているけど、処分して借金を返せばいくらかの金は残る筈だから」

「この土地どうしたの」

土地の地番を確認し、長野県のところ番地であることに首を傾《かし》げた。

「馴染みのパチンコ店で知り合ったバアサンの。病気で死んだんだけど、他に身寄りがなかったから、僕が最後まで世話してやったんだ。そうしたら、これをくれた」

大昔に死んだ夫の持ち物だった土地で、離れている上、どうせ役にも立たないだろうと相続手続きだけして放っておいたものらしい。自分がどれほどその気の毒な老女に親切にしたかを得々と語り、膳本を大事そうにたたんで両手で包み込むと、にんまりと笑った。うさん臭い話だと思った。いったいどんな世話をしたのか。恐らく、調子のいいことをいって取り入ったか、病気で弱っているところにつけ込んだか、とにかく下心なしで他人に親切にする然でないことは誰よりもわかっている。容貌は十人並み、性格も体型もだらしない。そんな兄は、老若拘わらず、なぜか女性にだけは不思議と受け入れられた。昔流行ったチャウチャウに似た雰囲気が、安心感を抱かせるのかもしれない。

「だったら、今、売ればいいじゃない」

「駄目だよ。売買するのに手間がかかるし、もらったときは山のなかのなんにもない場所で大した値打ちはなかったんだけど、最近、周囲が開発されて値がどんどん上がってきてる感じなんだ。今、焦って処分したらもったいない」

「そんなこといってる場合じゃないでしょ」

「そうだけど。でも、これを担保に金を貸してくれたら、いざというときこれまでの分も含めて全部返せると思う。そっちの方が、お前だっていいだろう？」

蕗は、謄本を見せろと手を出した。然は渋々のように差し出す。謄本が発出された日付は昨日になっている。半グレに脅され、どうしようかと考えたとき妹の顔を思い浮かべると同時にこの土地のことも思い出した。そして慌てて、法務局に出向いて謄本をもらい、急いでやってきたという。

然は尻ポケットからまた別の紙を取り出し、今度はすぐに蕗に差し出した。見れば、譲り渡し証だ。登記簿と同じところ番地が書かれ、この土地の権利を蕗に譲るというものだ。

「承知してくれたら正式なものを作ればいい。この土地の値打ちを調べて嘘《うそ》じゃないと納得できたら、お前の知り合いの司法書士にでも頼んで移転登記をしよう」

そうして然はまた土下座をして、頼む頼む助けてくれ、と懇願した。今度はわざとらしい涙はなかった。

3

パソコンの前科前歴データ画面を閉じて、出そうになったため息を呑み込む。

今日も、一課松元班は待機。書類整理をしていたが、午後になって県南東部にある館林《たてばやし》署管内で傷害事件が発生し、被疑者が逃亡したため緊急配備がかかった。松元班長は高桑課長と共に課長会議に出ており、佐久間が尾上を連れて覆面車で出ることにした。一課が出動する事案ではないが、捜索に当たろうと、退屈そうにしていた尾上に声をかけたのだ。

岡枝と蕗は居残りだ。昼食を終えた岡枝は、隅の応接セットのソファに座って、居眠りを始めていた。その隙を狙って、昨日、然から聞いた半グレを照会してみようと思った。

確かに該当する男はいた。然がいう容姿とも一致する。暴行、傷害、恐喝、窃盗などの前科があり、半グレグループ『サイケ』に属する。特記事項には、犯罪に対する抵抗力が薄く、短気で興奮しやすい。要は、キレると容赦《ようしや》ないということだ。半グレにはよくあるタイプだが、いたぶる相手として然は格好の存在だろう。

『明日までに用意しろといわれている。頼む。後生《ごしよう》だから助けてくれ』

そういって然は顔を青ざめさせた。

蕗は、パソコンから目を離してソファ席を見る。口を半開きにして目を瞑っている岡枝を見て、相談してみようかとも考えた。半グレのいっていることは明らかな因縁で、金を払ういわれはひとつもない。だが、たとえ恐喝で捕まえたとしても、すぐに出てくるだろうし、仲間が然を許さないだろう。そのときこそ、然は両手両足どころか首を折られる可能性がある。

スリープ状態になった画面を見ながら思案する。蕗の手元にあるのは五十万円程度だ。今月の給料を丸々使っても足りない。今は、警察官が街金などで借金をすることは厳しく戒められている。借りたことが万が一にでも監察にしられたら、警察官人生における昇任は打ち止めとなるだろう。そんなことにはなりたくない。たとえたった一人の兄のためでも。命を救ってくれた恩人であっても。

蕗は警察官の仕事が好きで、やりがいを感じている。犯罪者を摘発し、街の平穏、人々の暮らしの安寧を維持することに一生を捧《ささ》げたいと思う。もちろん、ただの一兵卒で終わるつもりはない。女性であっても、手柄を立てて順調な昇任を重ねれば、責任ある地位にも就ける。部下を与えられれば、自分の思う通りの仕事をすることも、不満に思っていた組織の改編にも携われる。県警に白澤蕗ありと謳《うた》われるほどの人間になりたい。

そのための努力も惜しまないし、どんな苦労も厭《いと》わないつもりだ。だが、身内の存在だけはいかんともしがたい。これればかりは、蕗の力ではどうにもならない。

岡枝の顔から再びパソコンに視線を当てると両手を組んだ。

あとは知り合いからお金を借りるしかない。親しい同期を思い浮かべ、上司や同僚の顔を順に繰ってゆく。恋人だった同じ所轄の男性とは、少し前に別れていた。一課に配属になって朝昼関係なく働くことですれ違いが増え、たまのデートもドタキャンすることが重なって喧嘩が絶えなくなった。謝るのが面倒で連絡をしないでいたら、そのうち交通課の女性警官とつき合っているらしいという噂を耳にするようになった。悔しかったけれど、問い詰めて責めることさえ億劫《おっくう》になり、そのまま自然消滅。喧嘩別れしたわけではないから、困っているといって頼んだら貸してくれる気はする。いや、いくらなんでもそれは惨め過ぎるか、と頭から払い除《の》けた。

戸口から声がした。気づくのが遅れ、慌てて椅子の上で跳ねるように振り返った。

「悪い悪い。ノックしたんだけど」

蕗はすぐに立ち上がり、顔を赤くしながら頭を下げた。

「いえ、ちょっとぼんやりしていて。竹河《たけかわ》主任、お久しぶりです。今日は、本部ですか」

巡査部長竹河勝《まさる》は、前任である伊勢崎《いせざき》署の刑事課盗犯係の先輩だ。蕗は所轄刑事課の窃盗犯担当として、この竹河についてスリや空き巣を追いかけていた。

「ああ。装備課で入らなくなった制服のズボンの交換をしてもらって、警信組合で金下ろしてきたとこ。せっかくだから、白澤の顔でも見て行こうかと寄ってみたんだが、忙しいか」

蕗は両肩をすくめ、後ろのソファ席を見やると岡枝が寝起きの顔で、同じように肩をすくめている。そしてこちらからいう前に、食堂でコーヒーでも飲んでこいといってくれた。

エレベータで地階に向かいながら、伊勢崎署や刑事課の様子などを尋ねる。竹河は、変わりないといい、今は機動隊から異動してきた若い男性を仕込んでいる最中と苦笑いした。

「なんというのか、イマイチ鈍くてさ。白澤はなんでもすぐ覚えたし、勘働きもできて知恵も回ったから、俺も教えがいがあったけど」

「そんなぁ」と一応、謙遜してみせる。そんな蕗を見て、竹河が妙な笑いを浮かべ、「血が上るとあとさき考えないところはあったけどな」と指摘するのに、思わず口をへの字にした。

「ま、今どきは女性よりも男の方が難しいかもな。上から目線でいえば反発するし、間違いを指摘すれば納得いかない顔して、そのくせ、我を通してしくじると自分の責任じゃない振りをする。いったいどうしたらいいのか。課長にいわせると白澤が特別だったんだから、諦めろってさ。そういわれたら、もう根気よく仕込むしかないんだが」

「特別なことなんかないです。結構、失敗やらかしました」と今度は本気で卑下する。

「ははは。そんなの大したことじゃない。本気で必死になっているからこその失敗だろ。こうやって一課に入ったのがなによりの証《あかし》だ。手柄も立てているそうじゃないか」
「いえ、まだまだです。松元班長や先輩諸氏に手伝ってもらってやっとです」
「そうかな。今だからいうが白澤は根性が違う。男だ女だって話じゃないけど、俺ら男の中堅の刑事ですら舌を巻くような刑事魂を見せるだろう。ほら、あのときも」

竹河が懐かしそうに笑顔で昔の話を持ち出す。

蕗が盗犯係に配属になって一年目のことだ。管内を仕事場にしていたり、居住していたりするスリの常習犯の面や経歴を頭に叩き込み、バスや電車内を警戒した。

遅い時間の電車の車内で、見覚えのある後ろ姿を竹河が見つけた。離れた乗降口から乗り込み、七割ほど混んでいる車内を客を避《よ》けながら近づいてゆく。酒を飲んで眠り込んだサラリーマンの前に立って吊革《つりかわ》を握るマルヒに視線を当て、蕗と竹河は顔を見合わせる。獲物に当たりをつけたらしいとわかって、蕗が次の停車駅で一旦降りてスリを挟み込む形で再び乗り込んだ。タイミングを見て両側から取り押さえようと竹河と目で交わす。

カーブに入ったら、スリが吊革を握ったまま大きく揺さぶられる、振りをした。今だ、と竹河も蕗も声を出さずに呟く。スリはサラリーマンに覆いかぶさるようにして、内ポケットから財布を抜き取った。現認。竹河がすかさず動いた。だが、蕗は一歩出遅れた。

向かいの席で、女子高生が隣に座る男からわいせつ行為を受けているのに気づいたからだ。スポーツ新聞を大きく広げて周囲から隠すようにして女子高生の体を触っていた。すぐ前に立つ乗客の何人かは気づいただろうが、丸刈りに吊り目、ゴールドチェーンといういかにもな男の人相風体に恐れをなし、見て見ぬ振りをしていた。女子高生自身、恐怖から身動きもできず声も出せないでいる。気になったが、視線の先では竹河が摑もうとしたスリの手をあと少しのところで逃してしまっていた。

駅に着くなりスリが飛び出す。竹河が怒鳴りながらあとを追った。蕗も慌てて出るが、その際、構内にある緊急ボタンを押した。そして二人でなんとかスリを取り押さえると、蕗はすぐにとって返して、停まったままの車内に飛び込み痴漢男を探した。目が合うと男は自分を捕まえにきたと察してホームに出たが、駅員が集まってくるのを見て、線路に下りて闇雲に走り出した。進行方向に走ったから、後ろから列車がくることはないが、それでも線路内に人が入ったのだから駅は騒然とした。おまけに、蕗までもが線路の上を走り出したのだから、なおさらだろう。

スリに手錠を嵌《は》めて戻ってきた竹河は事態を知ると、すぐに応援を求め、同時にスリを駅事務所に閉じ込めると自身も線路を走り出した。

「白澤が、いかつい痴漢男を石で殴りつけて血だらけにしただろう。俺は、今にも電車がくるんじゃないかと、それが気になって小便が漏れそうだった」

竹河は刑事課の仕事を離れて、本部の食堂でお茶をするのが余程、気楽に感じたらしい。ドラマなんかだと、警官同士張り合ったり、部署ごとの対立があったりして、連携の悪さがクローズアップされるが、実際警察官は、仲間意識の強さでは、他の職業に比べても群を抜いているのではないか。異動しても、以前の職場の者や同じ仕事で関わった者はいつまでも互いを仲間のように思う。苦労を共有し、苦《にが》い思い出を分かち合うから余計だ。

「竹河主任、もう勘弁してください」

「ははは。悪い悪い。ちょっとやり過ぎたところはあったが、俺にしてみればよくやったと思ってる。今どき、あそこまでする刑事はいない」

「そうですか？」

「ああ。痴漢っていうのは、悪質なものでなきゃ立件しても執行猶予や和解ですんで刑務所に入ることはあまりない。被害者の精神面にも留意しなくてはいけないし、えん罪の怖さもある。だからなんとなく、スリや窃盗犯ほどには積極的に捕まえる気はしない」

だが、白澤にとっては同じことなんだと思った、という。

「同じ？」

「ああ。スリも空き巣も痴漢も、傷害も強盗も殺人も。等しく犯罪という名でひとくくりにしているんじゃないかと、あのとき、枕木の上に横たわる痴漢男を殴りつけているお前を見たとき思ったな」

「あのときはとにかく必死だったので、つい」

「いや、だからそういうところさ。痴漢だって容赦しない。法を破った人間には違いないんだ、罪を犯した者はどんな罪であれ誰であれ、等しく罰を負う。そう心にしっかり決めている」

蕗は思わず手元のカップを覗き見る振りをして目を伏せた。黒い液体の表面が揺れる。細かに震える右手を押さえ込むために左手でカップごとくるんだ。

竹河は気づかないでコーヒーを飲み干すと、笑顔を見せてつけ足した。

「頑張れよ。今は女だ、男だなんて関係ない。手柄を立てて、しっかり働けば幹部にもなれる。お前はそういう人間だ。俺にはわかる」

「買いかぶり過ぎです」

「そんなことはない、昔一緒に働いたことのある刑事課の上司なんか、着々と昇任を重ねて今や押しも押されもしない大幹部さまだ。ほら、お前もよく知る」

ぞろぞろと食堂に制服を着た人達が入ってきた。竹河は、素早く腕時計を確認して、「そろそろ戻るか。じゃあな、体に気をつけろよ」といって立ち上がった。

出入口手前で振り返り、右手を上げる。蕗も直立し、腰から体を折った。顔を上げて食堂を見渡し、知った顔がないのを確認してから大きく息を吐くようにして腰を下ろした。こんなことくらいで、まだ掌に汗をかく。そう思いながら、ハンカチで拭った。

どんな罪であれ――等しく罰を負う。負わねばならない。竹河はそういったが、実際、罰を与えるのに等しくとは、なかなかいかない。たとえば心神喪失及び耗弱状態の者、既に死んだ犯罪者や司直の手を逃れた者、そして未成年。罰を与えることが年齢で区切られるのだ。ただ、物理的な罰は逃れても、心に負う罰は人によっては刑務所に入ることよりも重く感じるのではないか。いっそ刑務所や少年院に入った方が良かったと思える者もいるのではないか。

だから罪を犯した者はとにかく捕まえる。正義と法の下で粛正《しゆくせい》する。白澤蕗は警察官だ。正義の人だ。いい聞かせるように心の声を上げ、拳を作って力を入れた。

いつの間に蕗のスマホの番号を知ったのか、ショートメールで然から連絡が入った。

どこでこの番号を知ったのだろう。うっかり目を離した隙に部屋のものをいじられたか。

昨夜、然がアパートを出るまでの行動を思い返してみる。それほど長く目を離したときはなかった筈だが、部屋には個人的な書類なども置いている。

軽く舌打ちしながら目を通す。『頼む。僕が寝たきりとかになればお前が一番困るだろう』

なんというういい草か。けれど、ある意味正しい。半グレにいたぶられて死んでくれたならいいが、万が一にでも半身不随になったり、昏睡《こんすい》状態のまま生き残ったりしたら、その後の然の人生丸々、蕗にのしかかってくる可能性がある。縁を切った身内だといっても、警察官という職に就いている以上、世間体の悪いこともできない。

ますます、肩が重くなる。

本格的に居眠りし始めた岡枝を見て、蕗はそっと部屋を出て、廊下を歩く。

本部の四階は刑事部だけのフロアで、捜査一課、二課、組織犯罪対策課などが並ぶ。階段側の角には刑事総務課があって、そこには証拠品保管庫などもあった。ドアが開け放しだったので覗くと、課員が数人作業をしていた。まだ夏季休暇の期間なので通常の人数より半数近く少ない。大きな刑事案件がないこともあるのだろう。一課同様なんとなくのんびりして見えた。

部屋の奥側、右手の壁には証拠品保管庫のドアがあり、ちらりと視線を当てる。

ここには事件で押収した証拠品などが管理されている。長期保管、短期保管と区別されているが、現金や有価証券などは専用の保管設備を備えることになっていた。だが、場所も手間もかかるので、同じ保管庫内にあってキャビネットだけ区別している状態だ。もちろん、出入りには刑総《けいそう》課員の許可が必要だし、出入りするたびに部署や氏名なども記録簿に記載しなくてはならないから一応の管理体制は整っている。

蕗は刑事総務課の前を通り過ぎて、ゆっくり階段を下りる。

ひと月ほど前、二課が挙げた所得税法違反で、隠し財産である株券や宝飾品、現金などが大量に押収され、保管された。町工場の普通の中年夫婦だったが、揃って株式投資が好きで長年、研究し、地道に株取引を繰り返していた。不況になって工場経営が苦しくなっても派手な暮らしが変わらなかったところから税務署が調査に乗り出し、脱税していることが発覚した。今は公判中だが、夫婦は正当性を訴え、たとえ敗訴しても控訴するという噂で、決着がつくのは当分先だという話だった。

保管庫にしばらく触れられることのない現金がある。二課の仕事は終わっているから、誰かが調べることなどないだろう。ほんの少しのあいだ、借りるというのは。すぐに蕗は首を振った。

もっての外だ。これだって立派な犯罪だ。窃盗、横領……いや、なにより警察官として恥ずべき所業だ。発覚すれば懲戒免職。ネットにも新聞にも載る。顔が晒《さら》されれば、もう二度とまともな職に就けなくなるだろう。

いきなり尻ポケットでスマホが振動した。跳ねる心臓を手で押さえ、画面を見ると然だった。地下の食堂まで下りて、人気《ひとけ》がないのを見て応答する。

「ふ、蕗ぃぃー」

「どうしたの？」

「い、今さっき、半グレの連中がきて」

「えっ」

「殴られたんだぁ。鼻からも口からも血が出て、顔じゅう痛い」

「一一〇番しなさいよ」

「そんなことしたら、殺される」

「その半グレは今もそこにいるの？」

「ううん、やっと帰った。今夜、お金を持って行くっていったら、なんとか帰ってくれた」

蕗――、頼むぅ、お願いだ。助けてくれよぉ――。唇を震わせ、涙を流している姿が目に浮かんだ。握っているスマホがどんどん熱を帯び、耳が爛《ただ》れてきそうな気がした。

「いい加減にして。これ以上、あんたの尻拭いなんかしたくない」

つい怒鳴ってしまい、慌てて周囲を見回す。両手でスマホを覆い、切るわよといった。

「いいのか」

いきなり声音が変わった。これまで何度も聞いた、然のとっておきの凄んだときの声だ。わかっていても蕗の体が硬直する。

「なにがよ」口のなかが乾く。

「今からそっちに行って、お前の上司に頼み込んでもいいんだぞ」

「そっちって?」

「大手町《おおてまち》にある群馬県警本部ってとこだよ。今、そこにいるんだろ」

「なんですって」

「捜査一課だっけ? カッコいいよなぁ。一度、どんなだか見てみたかったんだ」

こられるものならこい、とはいえない。追いつめられた然ならやりかねない。

「ふざけないで。きたら殺すわよ」

「ああ、いいよ。拳銃で撃てよ」

きりきり胃が締めつけられる。頭の奥ががんがんし始める。こういう男だった。思い通りにならないと逆ギレして、とんでもないことを口走る。

万が一、県警本部にきたところでなかに入れはしない。けれど、この近くで暴れたり、泣きわめいたり、挙句、誰かを襲ったりするくらいのことはしかねない。これまでの兄のしたことは微罪程度ですんでいる。だがもし、本部に侵入しようとして捕まったりしたら。

身内だからと、蕗が一課を追い出されることはないかもしれないが、いずれ異動させられる。なにより、こんな兄がいるなど誰にも知られたくない。

深い崖を覗くような気持ちで、答えていた。

「お金の用意ができたら連絡する」

スマホを切るなり、拳を口に当てて声を上げないよう歯を食いしばる。手の甲に歯形が赤く浮かんだが、出血まではしなかった。

大丈夫。ちょっとのあいだ借りるだけ。すぐに返せばわからない。大丈夫、これは犯罪じゃない。わたしは罪を犯したりしないのだから。絶対、二度と。

終業時刻間近になって、館林署で起きた傷害事件の被疑者が確保された。佐久間と尾上は久々に仕事をしたかのような満足げな顔つきで部屋に戻ってくる。一方、居残りの岡枝は寝過ぎたことを隠そうと必死で生欠伸《あくび》を呑み込んでいた。

高桑課長は鈴原班が出張る捜査本部に出向き、そのまま直帰するということだった。松元班長も同期と飲みに行くといって珍しく先に部屋を出た。あとを追うように他のメンバーも三々五々散ってゆく。

「ご苦労さん」

「当直、頼むな」

今日は、蕗が当直担当だ。いつも通りの態度で全員を送り出し、一人残って書類仕事をする。事件を抱えていない当直日には過去の事件資料や前科前歴データを閲覧し、様々な知識を蓄積することに費やす。だが、今日だけはそんな気になれない。

時計を見て、ゆっくり腰を上げた。あまりに遅い時間だとかえって怪しまれる。仕事をしているときに気づいて証拠品を確認しようとした、そういう体《てい》でいく。

刑事総務課の当直担当は、蕗より下の期で今春異動してきたばかりの男性警官だ。挨拶と短い無駄話をして、保管庫に入る旨を告げる。若い警官はなにも訊かず、椅子に座ったまま了解とだけ答えた。出入簿に名前と部署を記帳し、鍵を開けてもらってなかに入る。刑総課員は、「お疲れさまです」といって重い扉を閉じた。

蕗は入ってすぐに電気を点《つ》け、棚に積まれた段ボール箱や書類棚を確認してゆく。書類などは箱に入っているが、現金などは奥の隅の金庫に保管されている。もちろん、刑事課の人間なら開け方は知っている。蕗以外誰一人いないとわかっているけれど、部屋の隅々まで確認してから床に膝を突き、キーパッドの数字を押した。軽快な音がしてオープンの赤い電光文字が光る。把手《とって》を握って深呼吸ひとつしたのち、ぶ厚い扉を引き開けた。

いくつもの棚があり、該当事件の名入りビニール袋を取り出し、現金を見つける。袋の表には現金二千八百十三万円と発見場所と日時が記載して貼られていた。使い古しのバラバラの札で、恐らく百万ごとだろう、束にして輪ゴムで留めてある。一緒に入っている押収品目録のコピーを見る。古札だから当然だが、札番号までは記載していない。これが帯封のついた新札だと番号を控えている可能性があったが、運は蕗に味方したようだ。そっと札の束に手を伸ばす。

指先が触れた途端、激しい嫌悪が湧いて出た。そのまま動けず、せり上がる吐き気を堪える。生唾を飲み込み、目を瞑った。

刑事なのに。警察官なのに。正しいことをしようと自分に誓った筈なのに、どうしてこんなことをしているのだろう。止めろ、蕗、と誰か、そういってこの手を摑んで欲しい。指先が細かに震え出す。瞑った目から熱いものが流れ出て、鼻の脇を伝い落ちた。

蕗は深い呼吸をして目を開ける。拳で涙を拭い、歯を食いしばって、再び手を伸ばした。指先がお札に触れたが、もう震えることはなかった。

束を二つ取り出してさっと数える。二百万に違いないと確認するなり、シャツをまくり上げて下着のショーツのなかに差し入れた。湿っているのが指に伝わる。ショーツだけでなく、シャツの脇や背、襟元まで濡れている。顔の汗と涙を拭い、上着のボタンをひとつだけ留める。金庫を閉め、書類棚のところに行き、二週間ほど前に逮捕した強盗傷害事案の証拠品を手にして、蕗は保管庫を出た。

然にお金だけ渡してすませるという間の抜けたことだけはしたくなかった。一緒に出向いて確かに半グレに渡したか、いや、本当に半グレが然を待っているのかどうか、この目で確かめたかった。だが、蕗は当直で本部を離れることはできない。なにより、激しい疲労感と油断すると戻してしまいそうなほどの緊張感、そして罪悪感で四階の階段を上り下りするのも精いっぱいだった。夜間でもエレベータは使えるが、普段から蕗が階段を使っているのを知る人間は多い。いつもと違うことをすれば怪しまれる。

こめかみの汗を指先で拭い、灯りの消えた本部の裏門から通りに出る。街灯の下に醜い化け物が佇《たたず》んでいるのが見えた。

「渡したら必ず連絡して」

「うん、わかった。蕗、ありがとう。一生、恩に着る」

両手に押し頂くようにして札束を握り、何度も礼をいったあと札を数え始めた。舌打ちしながら、

「ちゃんとあるから。とにかく恩に着なくていいから、もう二度とわたしの前に現れないで」という。

「うんうん。もう迷惑をかけない。本当だ、今度こそちゃんと働く。来週から宅配の仕事をすることにしたんだ。自転車で走り回るからダイエットにもなるし、大した金じゃないけど少しずつ」

「もういいから、行って」

ぐだぐだ口から出まかせをいうのを聞いている暇も余裕もない。ハエを払うように手を振った。然はしつこいほど頭を下げ、歩き出す。それを見送りながら、いつ引っ越そうかと考えた。

すぐには無理だ。なによりもまず、金をどうにかかき集めて保管庫に戻さなくてはならない。裁判が長引くといっても、どうなるかわからない。急ぐに越したことはない。

本部に戻りかけてふと足を止めて空を仰いだ。

雲に隠れているのか月がなく、漆黒の空に星が瞬いているのが見える。風が過って、その涼やかさに季節の変化を感じた。耳を澄ませば、どこからか虫の音が聞こえる。一瞬、この世界に蕗一人しか存在しないような錯覚を覚えた。道路を走る車が途絶え、歩道をゆく人の姿が見えないからだ

ろう。自然が醸《かも》す音しかしない。静寂よりも深い荒涼を感じた。

甲高《かんだか》い猫の声がすぐ近くからして、そんな気配はあっさり破られる。蕗はびくりと肩を揺らして周囲を見まわしたが生き物の姿は見えない。虫の音は止《や》み、タクシーが通り過ぎる。世界は元に戻って、なにもかもが呼吸するように動き出した。

4

とんでもない話が耳に飛び込んできた。聞いた途端、血の気が引き、その場に倒れ込むかと思った。そうならなかったのは、単に食堂の椅子に座っていたからに過ぎない。立っていたなら、間違いなくくずおれていた。

「どうしたの?」

向かいに座る高桑祐里捜査一課長が、箸を握ったまま目を向けている。しゃっくりをするようにして息を呑んだまま硬直した蕗を見れば、誰だって怪訝《けげん》に思うだろう。刑事になって四年になる。まだまだひよっこだが、それでも人前で動揺したり、感情を読まれたりするような無様なことをしないだけの自信はある。だが、さすがにこのときだけは抑えきれなかった。

「いえ、今、一瞬、アパートの部屋のエアコン停めてきたかどうか不安になって」

とってつけたような理由だったが、祐里はにっと笑ってくれた。

「わかる。習慣づくと考えなくとも体が勝手に動くから、記憶に残らないのよね。わたしもよく鍵をかけたかどうか自信がなくて、一日中不安でいたりするわ」

戻って見てくる？　というのに、「いいえ、きっと停めていると思いますから」といって箸を動かした。祐里も納得したように食事を続けた。

食堂には当然ながら各部署の職員が集まる。たまたまだったが、隣の席に警務部の人間が三人ほどいた。全員顔だけは知っているが、名前や詳しい部署までは知らない。会話の流れで警務部の警務課らしいことがわかった。三人は監察課のことを話題にしていた。

「近々、本部で監察が動くみたいだな」

「随時監察？　どこ？」

「証拠品保管庫」

「なんで、そこ限定なの」

「ほら、宮崎県警であっただろう。証拠品の横領」

「ああ、それで」

「まあ、どこでもありそうな話だよな」

「よせよ。うちでそんなことになったら、当分残業だぞ」

その辺からもう会話は聞こえなくなっていた。箸を握る手に力を入れ、皿の料理を残さず食べることだけに集中した。一課長と別れてトイレに入る。個室の扉を閉めるなり、床に屈んで便器の上で頭を抱えた。

なんてこと。なんて間の悪いこと。

口を開けると異様に膨らんだ心臓が飛び出しそうだ。思わず掌で口を覆うと、突然、胸がむかついてきて、慌てて便器の蓋を開ける。たった今食べた物を全て吐き出した。水を流して饐《す》えた臭いのなかで目尻の涙を指で拭った。

どうしよう。いつ監察が行われるかはわからないが、警務課の人間が噂するくらいだから近々なのだろう。二百万という大金を間に合うように用意することなど到底できない。

ああ、どうしよう、どうしよう、どうしよう。

頭を抱え、目を瞑って必死に考える。昨日ショートメッセージで、然は金を払って無事片づいたと知らせてきていた。結果報告をメッセージですませ、直接話をする気がないところが忌々《いまいま》しかったが、藍とてあの声を聞きたいとは思わないからこちらからかけることはしなかった。

二百万円はどこにもないということだ。どうしよう。指で黒髪を掻《か》きむしる。吐き気がしたがもう出せるものはなにもない。涙が盛り上がるが、唇を噛んで堪える。泣いてもしようがない。対策を考えることが先決だ。それも今すぐ。

スマホを取り出し、電話帳を繰る。金を貸してくれそうな友人知人をピックアップする。二百万という大金を右から左へと融通してくれる人間はいない。公務員で家庭を持っていれば多少の預貯金くらいはあるだろうが、それでも二、三十万がせいぜいではないか。いったい何人に声をかけねばならないのか。だいたい、そんな時間はない。

そうなると、残るは街金だ。身分証を見せれば、二百くらいはすぐに借りられるだろう。だが、万が一、そのことが監察に知れたら、仕事自体失いかねない。そんなリスクは負いたくないし、いつバレるか戦々恐々としながら一課の仕事ができるわけもない。

確かなところで金を借りるのが一番。警察信用組合は多くの警察職員が利用する金融機関。そこなら問題ないだろうが、借りるための担保も必要だし、なにに使うのかはっきりさせなくてはならない。噂では、職員がどれほど借財を抱えているか監察課は把握しているという。結婚するでもなく、家を買うでもなく、これといった理由もなく二百万という大金を借りれば目をつけられる。

「無理だ。どうしよう」

『警信組合で金を下ろしてきた』

ふいに声が蘇《よみがえ》った。昨日の竹河の言葉だ。伊勢崎署刑事盗犯係の竹河巡査部長は、制服の交換のついでに金を下ろしたといっていた。竹河は二十代のころに一度結婚して、その後、離婚。息子が一人いるが、元妻が会計士をしているので養育費の支払いで苦労することはないらしい。それからずっと独り身。奉職して二十年近い。盗犯係で一緒に働いていたときから、趣味といえるものがなく、ある意味仕事ひと筋の人だ。塾通いの子どもやフリーターの成人を養っている上司、同僚から、冗談めかして少し融通してくれと頼まれていたことを思い出す。竹河なら、二百とまでいかなくとも百くらいなら貸してくれるかもしれない。

スマホを取り出し、電話帳を開く。指が止まる。いったいなにをやっているのだろう。なんと情けないことをしようとしているのか。画面がクローズするまで睨んで、再び、名前を出してタップした。ワンコールで応答があった。

「まあ、理由は聞かない方がいいんだろうな」

「すみません」

「今すぐ要るのか？」

「すみません」

ふっと息を吐き出す音がした。顔を上げると竹河が、「さっきからそればっかりだな」と口元を弛めている。

「わかった、といいたいんだが」と今度は自嘲的な笑みを浮かべる。「俺も実は金がないんだ。恥ずかしながら、人にいえないことを色々やっててさ」

「え」

竹河は蕗の視線から逃れるように、公園のベンチから立ち上がって歩き出した。

「そっちの事情も聞かないから、俺の方も聞いてくれるなよ。とにかく、すぐには百どころか、五十だって無理だ。悪いな」

「そうですか。いえ、こちらこそいきなり変なことといってすみません。どうぞ忘れてください」

そういって深く頭を下げた。出口へと向かいかけると背に声がかかった。

「諦めるのが早いな。被疑者を追うのはあんなにしつこいのに」という。足を止めて首だけ回すと、「当てがないわけでもない」と頭を搔いているのが見えた。

「どういうことですか？」

「街金とかじゃなく、個人的に融通してくれるんだ。二百くらいならすぐに用意してもらえるだろう」

「でも」蕗は体ごと向きを変え、逡巡《しゆんじゆん》してみせた。竹河は承知しているという風に頷く。

「大丈夫だ。妙なところじゃない。実は俺も何度か助けてもらったことがある」

それでも黙っていると、竹河は近づいてきて、なにかを差し出す。手に取ると名刺だった。

「小曾根《こそね》彬《あきら》？」

「白澤は知らないか。元検事だ。八年前に退官されて、今は悠々自適」

「弁護士？」

「いや、そういうのはもうしたくないそうだ」

「したくない？」

八年前なら、今は六十代後半か。竹河が察したらしく先にいう。

「年齢は六十五歳。ちょっとわけありで定年を待たずに辞められた。実家が富裕だったこともあって、大きな金額ではないが、個人的に金を貸すようになった。ただし、相手は選ぶ。主に公務員相手。だから秘密厳守だし、金利も高くない。小曾根さんは、激務のわりには報われない公務員に対し同情的で、常から後方支援したいと思っておられた。だから、街金みたくあくどい商売にせず、あくまでも一時的に融通しようというスタンスを取っている。そういうことだから誰でもいいってわけではなく、相手を見て貸す貸さないを決める」

「相手を見て？」

「そう。なかには踏み倒すやつもいるだろう？　せっかく善意で貸しているのにそういう真似をされたなら小曾根さんだって気分が悪い。だから、この人物ならと一応の線引きをしているらしい。白澤なら大丈夫だよ、問題ない」

竹河は、無理にとはいわない、といって手を上げた。

「本当にどうしようもなくなったら、こういう手もある。そういう風に思えばいい。じゃあな」

そういって公園の出口から出ていった。暗いなかだったが、着ていたスーツは真新しいものに見えた。時計ははっきりとはいいきれないが、ロレックスではなかったか。以前していたのは国産だった。

蕗は名刺をもう一度見る。元検事。辞めたなら大概の人は弁護士になる。だが、法律事務所が法人化し、大型化している今、再び雇われる立場になるのをよしとしない人もいると聞く。昔なら、個人で事務所を開いてそれなりにヤメ検は重宝がられたが、最近はそうでもないのだろうか。その辺の事情は、あまり詳しくない。

蕗は、公園のブランコに座りながら、じっと名刺を見つめた。竹河のことは信頼している。その竹河が大丈夫だというのだから、心配ないのではないか。それでも、頭の隅では小さくない不安がこびりつく。今夜ひと晩、他に方法がないか考えよう。


「失礼だけど、年齢は？」

小曾根彬は、名刺を手にしながら低い声で問う。

「二十九歳ですが」

「一番、いい年齢だね」そういって小曾根はにっこり笑った。口の両側に深い皺《しわ》が現れるが、どんぐり眼《まなこ》は優しげに形を変える。

目の前の男は白髪と黒髪が半々で短髪、整髪料で綺麗に撫でつけている。半袖のポロシャツにチノパンツだが、ロゴは有名ブランドのもの。ほっそりしているが痩せぎすというのでもない。一見、引退した会社役員が休日にモーニングを摂りにきているという様だ。

早朝、まだ七時にもなっていない。昨夜、ひと晩考えようと思ったが、公園の出入口に公衆電話があるのを見つけ、周辺に防犯カメラがないとわかると自然と足が向いた。竹河からもらった名刺の番号を押した。遅い時間だったが、小曾根はすぐに応答し、翌朝、県道沿いにあるファミレスにくるように告げた。その店は午前六時から開いており、本部からも蕗のアパートからも少し離れている。いつもの朝のランニングを止めて、蕗はスマホの地図を頼りに自転車で向かった。

ドアを開けると客はまだ二組しかなく、それらしい姿が見当たらない。戸惑っていると奥の四人掛けのテーブルから男が立ち上がるのが見え、手にした新聞を振ってみせた。その席は、奥まっている上に近くに観葉植物もあって人目につきにくい。この席でいつも、小曾根は秘密の相手とやり取りしているのだろうか。

黙って向かいの席に座り、テーブルの上に目をやると、オレンジジュースがあった。なにもいわないのに、小曾根は屈託ない笑みを浮かべて弁解するようにいう。

「わたしはコーヒーに目がない方なんだが、どうもこういう店のは駄目でね。仕方ないからいつもこれ。甘いが冷たいからそれなりに飲める」

そういわれたからではないが、蕗はアイスティーを頼む。喉が渇いていたので、一気に飲み干した。グラスを置いたところで小曾根は、蕗に真っすぐ目を向けてきた。

「二百だったね。用意している。貸してもいいが、ひとつだけ条件がある」

蕗は黙って頭を下げる。捜査一課の名刺一枚だけで貸してくれるとは思っていない。相手を見て決めると、竹河もいっていた。

「理由だ。なんに必要なのか教えて欲しい」

思わず眉根を寄せた。それをいいたくないから、朝早くに遠いファミレスまできて、見ず知らずの人間に頭を下げている。蕗の表情を見て小曾根は肩をすくめた。

「秘密は厳守する。そうでなければ、わたしもこれまで無事にはすんでいない。竹河さんからもそう聞いていないか？」

ゆっくり首を左右に振ってみせた。そう、といいながら小曾根はまた肩をすくめた。ジュースのグラスを手にしたまま、少し思案するように大きな目を宙に止める。

「だいたいでいい。たとえ犯罪に使う金だと知っても、それを理由に断ったりはしないし、貸した時点でわたしも同じリスクを負うことになる」

確かに犯罪に利用される金と知って渡せば、小曾根も罪に問われる。元検事ということで派手に報道され、注目もされるだろう。群馬のような県で、そんなことになれば暮らしにくくなるのは間違いない。今どきはSNSもあるから、他県へ移ったとしてもいずれ前科前歴を知られることになる。こんなアルバイトも二度とできなくなるだろう。

「でも、わたしの背負うリスクの数の方が多くなります」

「お宅の？」ああ、と小曾根は破顔する。「なるほど、それをネタに脅されるんじゃないかと心配しているわけか。しかし、金もない上に、一課とはいえ本部じゃ巡査部長なんてのは末端じゃないか。警官になって七年程度のお宅にそれほど利用価値があるとは思えないがね」

蕗は顔を赤くしながらも、唇を引き結んで睨みつける。

「怒らないでくれ。ともかく、竹河さんはわたしを信用できるといって紹介したのじゃないのか。違うか。いいかね、わたしは元検事だ。お宅も警察官ならこの意味がわかるだろう。この歳《とし》になって友人知人に迷惑をかけるのも辛い」

家族でなく知人？　そういう目を向けると、小曾根は癖なのかまた肩をすくめる。

「八年前に別れてね。今、海外に居住している。いうなれば愛想を尽かされたってやつだ」

わけありで早期退官したと聞いた。弁護士にもならず、貸金業のような真似をして暮らしているのだから脛《すね》に疵《きず》持つということか。

小曾根はグラスに指をかけたまま、まるで蕗の疑問に答えるかのように小さく頷いた。

「いいだろう。わたしが検事を辞めた理由を話そう。自分の恥部を晒すことで、多少なりとも信用に繋がればいいのだが」

聞けば世間ではよくあることだった。

贈賄で捕まったある企業の役員を取り調べた。素直に自供して、反省の態度も見せている、難しくない案件だった。スムーズに進む調べのあいまに、打ち解けた話をするようになり、この元役員がフィリピンにコーヒー園を持っていて、手放したがっていることを知った。小曾根はコーヒーに目がない。いつか農園を持って、好きな豆を作って商売をしてみたいと思っていた。

起訴が決まって裁判となり、執行猶予がついた。その後、役員の方から持ちかけてきて、破格の値段で農園を売ってもらえることになった。

なるほど、と蕗は思った。確かに、裁判が終わったとはいえ、取り調べた相手から便宜を図ってもらうのはマズいだろう。だが、家族に愛想を尽かされるほどとは思えない。

「そのコーヒー園にはオマケがついていた」

「オマケ？」

「ま、いうなればハーレム」

「は？」

「その役員は、接待する相手をそのコーヒー園に連れて行って、おいしいコーヒーと女をあてがっていたんだ」

それなら家族に捨てられても仕方がない。呆《あき》れる気持ちが表情に出ないよう踏ん張る。顔に出やすいといわれて気をつけている。その成果が出ていればいいが。

小曾根は卑屈に笑う。

「いいよ、見下げ果てたという顔をしてくれても。ま、そんなわけで弁護士もせず、こうして金を貸して暮らしている。でもね」どんぐり眼に力が入った。「元検事だからこそ、お宅ら警察や検察で働く人間の苦労がわかるし、どれほどの働きをしても報われない哀《かな》しさを知っている。気兼ねなく使える金で、しばしのあいだだけでも好きなことをして気晴らししてもらえればいいと考えている」

貸す相手が公務員ばかりということは聞いているか？　と尋ねるので蕗は頷いた。

「企業と違って、公務員はやった仕事の結果が目に見えない。それはいち個人の視野に入りきらないほど大きなことを目指しているからだ。有り体にいうと世の中のためということになる。わたしはそういう人間こそ、誰よりも報われるべきと思う。この気持ちに嘘偽りはない」

小曾根の自分に酔ったような目つきを見ながら、蕗は腕時計にそっと触れる。いい加減、ここを出なくては出勤時間に間に合わない。グラスのなかの茶色い液体に視線を戻し、蕗は口を開く。

「抽象的な理由になりますが、それでもいいですか」小曾根が頷くのを見て続けた。「わたしは間違ったことをしました。とても悔いています。本当なら、手にしてはいけないお金を、身内のために止むを得ず使ってしまった。……だから、すぐに戻、返さないといけない」

そういって目を上げると、小曽根はなにもいわず、傍らに置いていたヴィトンのセカンドバッグを引き寄せる。指を差し入れたところで目を向けた。

「古い札の方がいいのかな」

「はい」

うむ、といって小曽根はバッグのなかから輪ゴムで留めた札束を二つ取り出し、紙袋に入れてテーブルに置いた。そして、すぐにしまえ、という風に顎を振る。蕗は、素早く紙幣を摑んで、膝の上のトートバッグに突っ込んだ。

小曽根はA4サイズの用紙を差し出し、「借用書だ。住所と署名を入れてくれ」という。見ると達筆の書面だ。蕗が目を凝らしたのを察して、小曽根が笑いながらいう。

「元検事がおかしいと思うだろうが、辞めたあと、わたしはパソコンのたぐいはいっさい使っていない。もちろん、家にもない。あるのは携帯だけ。こうして手書きのものにしたなら、書面のフォーマットなど残していないとわかってもらえるだろうしね」

必ずしもそうとは限らないが、蕗は小首を傾げるにとどめて、金額と文面を確認した。返済は半年後の一括返済で、金利は年一パーセント。末尾に振込先として小曽根の銀行口座。確かに安い。躊躇いもなく日付と住所、名前を書き込んだ。終わると指先で引き寄せ、セカンドバッグにしまってファスナーを閉じた。

「振り込んでくれたら、借用書を送る。会うのはこれきりだ」

小曽根の言葉を合図に蕗は立ち上がる。

「はい。ありがとうございました」

蚊の鳴くような声で挨拶をし、背を向けた。

足早に店を出て、自転車に跨《またが》り、全力で漕《こ》ぐ。これでいいのか。そんな気持ちを振り払うようにどんどんスピードを上げた。息が切れ、もう走れないところまで走って自転車を停める。サドルの上で半身を折って、全身で呼吸する。

汗だくの顔を上げて、空を見た。雲ひとつないなか、飛行機雲が一本白く横切っていた。

5

数日後、監察課における調べは確かに行われた。だが、それは証拠品保管庫ではなく、生安部生活経済課への随時監察だった。闇金融事犯対策などを手がける部署だが、しばらくしてからその課の職員が依願退職したことが耳に入った。噂では、闇金に情報を流して借金の棒引きをしてもらっていたということだったが、真偽のほどはわからない。生安部だけでなく刑事部や他の部でもこの件に関しては誰も詳しい話をしなかった。

蕗はひとまず息を吐いた。証拠品保管庫に小曾根から借りた二百万円を戻してからひと月以上経つが、問題が起きているような気配はない。安堵しかけたころ、県最多の人口と賑《にぎ》やかさを誇る高《たか》崎《さき》市内で殺人未遂事件が発生し、松元班は高崎署に設けられた捜査本部に出張ることになった。入れ替わりに鈴原班が担当していた強盗傷害事件が無事解決を見て、本部に戻って待機となる。

被害者はナイフで胸を刺された四十代の女性。命は取り留めたものの、意識はまだ戻らない状態だった。そのため蕗らは所轄の刑事課員と共に鑑《かん》取《ど》り、地《じ》取《ど》りを行って被疑者を絞り込むため走り回った。そんなある晩、夜食を摂ったあと一人で自販機のコーヒーを飲んでいると、スマートホンに見知らぬ番号の着信があった。

「はい？」

名乗らず応えると、ずい分前に聞いた声がした。瞬時に、どんぐり眼と甘ったるいオレンジジュースの匂いが立った。もう二度と会うことはないといっていたのに、電話は別だということだろうか。そんな蕗の疑惑に答えるように小曾根は口早に謝罪の言葉を述べる。

「本当ならこんな真似はしない。迷惑だということもわかっている。それでも助けてもらいたい」

普段なら公衆電話からかけるのだが、とそれも間に合わないほど焦る気持ちがあるといいわけする。

「どういうことですか。今、仕事中なんですが」

「わかっている」

わかっている？　蕗が殺末《さつみ》の捜査本部に出張っていることを知っているということか。頭の隅がちりちりと熱く焦げてゆく気がした。

「高崎の主婦殺人未遂事件だろう。実は、その件で教えてもらいたいことがある」

「はあ？」

そんなことは金を借りるときの条件には入っていない。文句をいいかけると、小曾根の低い声が蓋をするようにいった。

「証拠品保管庫」

蕗の息が止まった。スマホを握ったまま、瞬きも忘れて固まる。手にあるコーヒーの紙コップをあやうく床に落とすところだった。なんとか力を入れて、ゆっくり足下に置く。震える手を戻して両手でスマホを覆うようにした。

「な、なんのこと?」

わざとらしい嘆息の音がした。

「悪いが、こちらもお宅の言葉だけを信用して大金を貸すわけにはいかない。少し調べさせてもらった」

「調べたって、わたしを?」苛立《いらだ》つ声を上げた。

「そうだ。どんな方法かは、詳しくはいえん。だが、前にもいったが、わたしの顧客には警察や検察関係者がいる」

つまり本部職員の誰かが、蕗を追いつめるために小曾根に手を貸したということか。苛々していた感情が一気に冷や水を浴びせられたように静まった。そして全身を激しい痛みが貫いた。

その人物は本部のなかだけでなく、恐らく私的な時間も蕗をつけ回し、密《ひそ》かに調べて回ったのだろう。そのことを想像しただけでおぞけ立った。スマホを握る手が再び細かに震え始め、声を上げそうになって強く目を瞑る。

全て無事に終わったと呑気《のんき》に働いていた自分を嘲笑《あざわら》いそうになる。一課の刑事が見張られ、尾けられていることにも気づかないで。祐里や岡枝が、蕗の気性のことで案じるようなことをいうのも今なら頷ける。なんて単純で愚かで未熟なのだろう。

再び、大きなため息がして、蕗の思考が破られる。

「刑事がショックを受けることでもあるまい。今の時代は、情報社会だ。そういうものだと思って諦めるんだな。とにかく、お宅がしたことの口止めとして、わたしの知りたい情報を教えてくれないか。もちろん、これきりだ。二度と連絡はしない」

そんなこと今さら誰が信用するというのだ。蕗は歯を食いしばり、震える右手を拳にした。

「どうしてわたしに訊くの。あなたの手下になって同僚を嗅ぎ回る本部職員がいるんでしょう。そっちに訊いて」

「それはできない。お宅にしたように、一度きりだと約束したからだ。それ以外にお宅に電話した理由はふたつ。捜査一課の刑事としてその事件を担当しているということ、そして若い女だからだ」

「は？」

「松元班で期待される若手の女性刑事。たとえ、おかしな態度で事件や容疑者について聞きたがったとしても、大目に見るだろう」

「くだらない理由」吐き捨てるようにいう。

「そういうもんだ。とにかく、事件の容疑者は挙がっているのか。流しの犯行という線はないのか。それだけ教えてもらいたい」

頼む、という言葉は上面《うわつら》だけのもので、小曾根に悪びれる気持ちは全くない。声が掠《かす》れないように腹に力を入れ、抵抗してみた。

「わたしが横領した証拠はない筈です」

耳に、ふっと笑いを含んだ息の音が聞こえた。かっと頭に血が上ったが黙っている。

「証拠はないさ。だが、お宅がわたしから金を借りたという事実がある限り、なにに使ったか調べられる。監察課にリークすれば、の話だが。万一、そうなったら、金を借りる少し前に、お宅が証拠品保管庫に出入りした事実が発覚するだろう。当然、金庫のなかも調べられる。あの札にはわたしの指紋も、恐らくお宅の指紋もついているんじゃないか」

目を瞑った。確かに、あのとき素手で触れた。証拠品保管庫は刑事部の人間は日常的に出入りするから、手袋をして入ったら怪しまれる。だが、せめて指紋を拭き取るくらいはしておけば良かった。今さら遅い。あとの祭り。

いや、自分の脇の甘さよりも、小曾根を安易に信じてしまった軽率さを呪うべきだろう。元検事で、公務員相手の慈善事業だといった言葉、暮らしに困っていない風体、そして竹河巡査部長の紹介だったこと、それらが蕗の普段の用心深さを希釈させた。もしや竹河もグルなのだろうか。蕗の身辺を調べたのは竹河という可能性もある。本部の人間が一人でやったとは限らない。

そこまで考えて、全身の力が抜けるのを感じた。スマホを握ったまま、歯を食いしばる。周囲に人がいないのを確かめ、背筋を伸ばして大きく何度も息を吸い、吐いた。そして平然とした声になるよう、ゆっくりと告げる。

「これから捜査会議が始まります。終わったら——連絡します」

「わかった」

電話を切りかけると、小曾根の声がした。「何度もいうようだが、これきりだ。金を貸したからといって、こんな真似はもう決してしないし」

最後まで聞かずに切った。電源も落とした。ふいに廊下から呼ぶ声がした。

目を上げると尾上が会議室のドアの前からこちらを見ていた。

「白澤。会議、始まるぞ」

「了解です」

スマホを尻ポケットに入れながら元気良く答えた。いつもと同じように、まるで疲れていないかのように振舞うのだ。だが、スニーカーを履いた両足は重石《おもし》を載せたかのように床に張りついている。簡単に動かせず、蕗は何度も腹に力を込めなくてはならなかった。


悔やんで泣いている場合ではない。そう思ったから、考えるより前に動いた。こちらも小曾根のことについて詳しく調べる。ただ、捜査本部の事件を追っているさなかの刑事が、一人で行動できる時間など限られる。焦る気持ちで脇や背中を汗で濡らしながら、日中は同僚と共に捜査に集中する振りをした。

小曾根彬の自宅は、免許証のデータ検索で把握している。金を借りたあと、念のためと思って確認しておいたのだ。小曾根が住むのは、蕗のアパートのある地域から更に東側へ、JR新前橋《しんまえばし》駅の近くのマンションだった。

朝のランニングのついでに足を向けた。十階建てのファミリータイプから単身用まであるマンションだった。ただ、築年数は相当経っているらしく、そのうち建て替えになるのではと思えるような古びた代物《しろもの》だった。

駅前で繁華なエリアもある立地だから、十階程度のマンションに土地を使わせておくのはもったいない。実際、側には三十階以上もある黒光りした真新しい高級そうなマンションがあった。

高崎の事件の方は、捜査線上に何人かの容疑者が浮かび、それぞれを追う担当が割り振られた。

だが蕗は、気になる目撃者がいるといって、直接の捜査から外してもらう。お陰で尾上よりは多少、時間が取れた。そのあいまを見て小曾根の部屋の間取りやマンション以外に利用している場所などないか、また小曾根の暮らしぶりなど、できるだけ調べて回った。

そうして十月四日の深夜。シャワーと仮眠を取るためといって蕗は、一旦、アパートに戻る。黒いジャージの上下に眼鏡、マスクをつけて自転車に跨り、防犯カメラと人目を避けながら疾駆した。

駅前の駐輪場に自転車を紛れ込ませる。小曾根のマンションの近くまできてニット帽を被り、手袋を嵌める。周囲に人の姿がないのを確認するなりマンションと隣の建物とのあいだの狭い隙間に入り込み、腕時計を見た。午前二時を少し回ったところ。

昨夜、公衆電話から小曾根に連絡を入れ、以前待ち合わせたファミレスに午前二時半にくるよう伝えていた。捜査会議の内容を電話ではなく直接伝えるといって呼び出したのだが、小曾根は素直に応じ、深夜にも拘わらず出向くと約束した。その態度から余程、この情報が欲しいのだと感じ、間違いなく出てくると確信した。

この時間なら小曾根は店に向かっている途中だ。車は持っていない。戻るまでのあいだに、小曾根の部屋に侵入し、なんとしてでも例の借用書を見つけて取り戻す。もし蕗に関わるデータやメモのたぐいがあるのなら、それらも全て消去しようと考えた。

どうしてこんなことになったのかな。

白澤蕗は、正しいことをする人間になりたい、そういう生き方をしたいと切望しながらこれまで頑張ってきた。そういう意味では警察官は天職と思えた。警察学校で学んだことはどれもこれも蕗の胸を打ったし、現場に出て地域課のお巡りさんをしたときは、なんとやりがいのある仕事だろうと感動すら覚えた。

警察官として職務を全うする限り、過去の汚点は浄化され続け、罪を贖《あがな》うことができるのだと自分にいい聞かせ、納得させた。ずっとこの仕事を続けよう、その思いは刑事になって更に強くなった。それが――。

それがなんという様《ざま》だ。警察官である自分が横領に手を染めたばかりか、今またいっそうの罪を重ねようとしている。脅迫から逃れるために盗みをする。盗犯係の刑事をしていた自分が窃盗犯の真似事をするなど、醜悪過ぎて冗談かと思えるほどだ。胃の辺りがむかつく。いや、よそう。

蕗は首を振って、粘りつく思いを払う。罪の意識を感じる前にすべきことに集中しよう。全ては終わってから――、終わってから考える。今はとにかく動け、と蕗は自身を叱咤《しった》する。

時間がないのだ。高崎の事件が大詰めに入っている。今夜以外に自由に動ける時間は取れないかもしれない。これ以上、ここそこ動き回って周囲に疑われるようなことはできないし、なにより蕗は松元の目が怖い。いつもと違うと気づかれたらおしまいだ。

捜査情報などリークしたところで、盗みよりはマシと思うかもしれないが、捜査一課に身を置く蕗は、それだけはなにがあってもしてはならないと決めている。そこが最後の一線だと踏みとどまる気持ちが強い。第一、小曾根の脅迫がこれきりですむという保証はないのだ。次はリークではすまないだろう。

だから、なんとしてでも脅迫のネタである借用書を奪い返す。なんとかなる筈だと信じて、とにかく行動する。

蕗はふうと長い息を吐く。

三〇センチほどの隙間に入り込んで空を見上げた。月は出ているのかもしれないが、この幅では漆黒しかなかった。ふっふっふっ、と小さく息を吐いて気持ちを落ち着かせる。

手袋がちゃんと嵌まっているか、ニット帽から黒髪がこぼれていないか確認した。滑り止めのついた靴で壁を押す。背中と尻を反対側の壁に隙間なくくっつけ、一気に両足を浮かせる。両手で背中側の壁を押し、その反動で尻を持ち上げ、少しずつ這《は》い上《のぼ》る。このやり方で、小曽根の住まう十階まで行くのはもちろん不可能だ。だから三階の共用廊下へと忍び入る。マンションのカメラは玄関と裏の非常口、エレベータにしかなく、廊下にカメラはない。

二階でもいいが、念のため三階へと向かう。無理をせずじりじりと上る。バランスを崩しそうになると体勢を立て直して、焦るなといい聞かせた。

三階に着くと、今度は壁を伝うように横へと移動し、廊下側の腰壁までくるとひと口大きく深呼吸した。壁を強く蹴って反転し、体ごと壁にしがみつく。どっと汗が噴き出るのを感じたが、恐怖に呑み込まれるよりも先に死にものぐるいでよじ登って廊下側へと足をつけた。肩で忙しなく呼吸しながら、腰を屈ませた格好で廊下を走り、階段を駆け上がった。人の気配やあらゆる音に耳を澄ませながら、できるだけ迅速に動く。

十階のフロアにきて、目当ての部屋の前までそっと忍び寄った。ドアに耳を当てて気配を探る。試しに小さくノックする。返事はない。ポケットから七つ道具を取り出し、シリンダー錠用の工具を手に取った。

窃盗犯を対象とする盗犯係出身者は、趣味と実益を兼ねてプロが使うような道具を自前で揃えていたりする。竹河もその一人で、道具を借りて蕗は様々な錠前を開ける練習をさせてもらった。窃盗犯を捕まえるには窃盗犯の気持ちになってみることが必要。そう教えられたこともあって、結局、蕗もやすりなどを使って解錠道具を一式仕立て上げた。それがこんな風に役に立つとは、と指の震えを意識しながらも唇だけで笑う。

もっとも、こんな手段を選んだのは古いマンションであったからだ。一課に入ってからは、鍵や錠前についての知識を集めることが疎かになった。ここが新しいマンションで、新式の錠前だったら諦めていた。

すぐに弾むような小気味いい音がした。十五秒ほどで開いたことに、まだ腕前はそれほど衰えていないと妙な自己満足が湧く。

ノブについている指紋が消えないように、縁を摘《つ》まんで回した。少し開けたドアの隙間から奥へと目を凝らす。電気は消えていて、短い廊下を照らすダウンライトだけが点っていた。奥にはガラスの嵌まった戸が見える。なにかが動いているような感じはなかった。

蕗はドアを一旦元に戻し、共用廊下の左右を確認する。誰もいないのを見て、今度は素早くドアを開いて体を滑り込ませた。閉じたドアの側で少しの間を置き、鑑識用のシューズカバーをスニーカーに被せた。マスクを下ろして、空気を思いきり吸い込む。

ゆっくり廊下に上がる。単身用タイプの部屋で１ＬＤＫ。間取りもチェックずみだから手前のドアはトイレと風呂場と見当をつける。そっと開けて人がいないのを確認してから、突き当たりのガラス戸を開く。立ったまましばらく暗がりに目を慣れさせた。やがて家具の黒い影がぽつぽつ見え始める。リビングダイニングで、左手から冷蔵庫の電気音が聞こえた。尻ポケットからベルト付きの小型ライトを取り出し、ニット帽の上に装着する。スイッチを入れるとほのかな光が部屋の一隅を照らした。家具は少ない。ダイニングテーブルとチェア、食器棚、二人用ソファ、ローテーブル、ステンレスの棚、三十二型テレビ。六十五歳の男が一人で生活するならこれで十分かもしれない。

蕗は、素早くリビングにある棚に取りつく。次にテレビ台の下にある雑誌や新聞の束を見つけて丁寧にめくってゆく。気になるものはなかったが驚くことがあった。小曾根がいっていたようにパソコンのたぐいがないのだ。周辺機器も見当たらない。

ＩＴ機器を使わないでどうやって、これまでの貸借のやり取りや顧客のリストなどを残しているのだろう。まさかそれも手書きでなにかに書きつけているのか。

ともかく、大事なものは寝室だろうと見当をつけて立ち上がる。リビングの右手にある障子戸をそっと開いて頭を振り、ライトを隈《くま》なく当てる。タンスがひと棹《さお》と電気スタンドの載った和机。その上には辞書やノート、ファイル類が立てかけてある。右手に押し入れがあって壁には風景写真の額。他に家具はない。借用書を隠せそうな場所はタンスと押し入れ、そして和机か、と思いながらライトを畳へと向けた。えっ。思わず声が出た。慌てて両手で口をふさぐ。

もう一度、灯りを畳へと落として、それがなにかわかって殴られたような衝撃を感じる。目がちかちかし始める。本当に殴られたかのように体がふらりふらりと揺れ始め、立っていられなくなった。胃の奥からせり上がってくるものがあって、何度も唾を飲んで抑え込んだ。

小さなライトの灯りのなかには、横たわる人の姿があった。刑事としていくつかの事件を経験した蕗は、それがもう生きていない体であることを本能的に感じていた。

待って、待って、どういうこと？　まさか、そんな。

声なき声で叫ぶ。頭が揺れて、ニット帽につけたライトは横臥《おうが》している人間の体のあちこちを照らし出す。男だ。うつぶせ状態。頭髪は白髪と黒髪が交じり合っているから年配者。細身だが痩せぎすというのでもない。着衣は多少乱れているが、見たことのあるポロシャツにチノパンツをちゃんと着込んでいる。これからどこかに出かけるつもりだった。

間違いなく遺体は、この部屋の主《あるじ》、小曾根彬。

驚きから一転、困惑が蕗の全身を駆け巡る。後頭部が赤黒く染まっていることから、事故や病気でないのは間違いない。すぐに駆け寄って生死を確かめたかったが、それより先にすべきことがあると、刑事としての意識がじょじょに戻ってくる。これが第三者によるものなら、まだこの部屋にいるかもしれない。体のあちこちが電気を帯びたかのようにぴりぴりし始める。

何度も唾を飲み込む。落ち着け、落ち着け。まずは、殺人者の存否を確かめるんだ。もしいるなら蕗が侵入したことは気づいている筈だから、隠れてこちらの様子を窺《うかが》っているだろう。腰に差した特殊警棒を取り出し、右手で構えた。万が一のためにと本部から持ち出したものだ。ニット帽から小型ライトを外して左手に持ち、細かに振って前後左右を確かめながら一歩を踏み出した。どくどくとこめかみが脈打ち、警棒を握る手から汗が滴り落ちそう。それなのに口のなかは乾ききって痛いほどだ。

暗闇に目を凝らしながらだから、遅々として進まない。それでも最後にトイレや浴槽を覗いて誰もいないのを確かめると、腰が抜けそうなほどの安堵が下りてきた。そのまま和室に戻って小曾根の側に膝を突き、遺体を確認する。間違いなく死んでいた。頭部の血痕の具合や体の温《ぬく》もりから、凶行後、間もないことを知る。恐らく、蕗が侵入する少し前。軽く衣服に触れて、ズボンのポケットに財布と携帯電話、玄関の鍵があるのを見つけた。リビングに入ってソファに浅く座り、ニット帽を外して口元を覆い、短い嗚咽《おえつ》がこぼれるのを抑えた。

どうしてこんなことに。小曾根は今ごろ、ファミレスにいる筈だった。いったい、誰に襲われたの？

それに、と思考を巡らす。殺人者はどこから入ってどこから出たのか。玄関の鍵は施錠されていた。小曾根が閉めたのか、犯人が閉めたのか。小曾根の顔見知りなら難なく入り込めただろう。そうでないなら、なんらかの方法で侵入し、てっきり寝入っていると思っていた小曾根が起きていたことに動揺し、凶行に及んだということになる。どちらにしてもポケットに鍵が残っている以上、殺人者は別の鍵を持っていたか、蕗のように工具で解錠して侵入したことになる。いや、と蕗はリビングからベランダへ出るためのガラス戸のぶ厚いカーテンに目を向けた。さっきは少しだけカーテンをめくって、ガラス戸越しに人がいないことを確かめただけだから外には出ていない。

素早く立ち上がり、ベランダへと出る。胸の高さの壁があり、体を乗り出すことなくそっと下を覗いた。なにもないし、誰もいない。左右へ視線を這わせたとき、カンと甲高い音がした。咄嗟に屈み込んで警棒を構える。また鳴った。どうやら人でなく、なにかが風に揺れて音を立てたようだ。目をやると、上から垂れているものがあって、その先端が壁に当たっているのがわかった。

縄梯子《なわばしご》？

蕗は体を起こして首を仰け反らせる。ここは十階で最上階。屋上から縄梯子を垂らしてベランダへ侵入、小曾根を殺害したあとは再び屋上に戻る。だが、蕗がきたことで縄梯子を回収している暇がなくなった。そういうことらしい。

手袋をした手で頑丈な縄を摑んで引き寄せてみた。手作りらしくシンプルな作りだ。殺人者はもうとっくにマンションから逃れているだろう。

こういうやり方は窃盗犯のあいだでも一時、流行った。蕗も何度か似たような手口を見たし、実際、実行した被疑者を確保したこともある。ただベテランの泥棒はあまりやらない。今どきは屋上へも簡単には入れないし、入れたとしても下りてくる姿を見られる可能性がある。うまくベランダに着地できたとしてもガラス戸は大概施錠されている。裏道に面したベランダの戸に、鍵をかけないでいる家はそうそうない。なにより自分がうっかり落ちる危険がある。

竹河と馴染みのある窃盗の常習犯は、一番いいのは居空《いあ》きだといった。住人が在宅していて、洗濯や掃除機をかけているさなか、施錠していない窓や勝手口から侵入して金品を盗む。獲物は少額だが、鍵を開ける手間もないし、なにより住人の隙を狙うというスリリングさがたまらないと、その七十にもなる泥棒は歯の抜けた大口を開けて笑ったものだ。

それにこんな大きな証拠品を残したんじゃ、いずれ捕まる。

蕗は、風に揺れる手製の縄梯子を見て首を振った。雲が切れたのか白い月が姿を現した。時間が経てば近くにある三十階建てのマンションの陰に隠れて見えなくなるだろう。だが、それまでのあいだこのマンションは白い光をまともに浴びて丸裸状態だ。蕗は、慌てて部屋のなかへと戻った。

6

「殺しだ」

松元班長の一声で、蕗を含めた全員が立ち上がった。

すかさず尾上が、「どうなってんすか。今年の一課は厄年に入ったんですかね」とぼやいてみせる。普段、あまり表情を変えない佐久間ですら、そういいたくなるのも頷けるという顔をする。

松元班が担当していた高崎市の主婦殺人未遂事件は、蕗が小曾根の遺体を発見した四日の午前中、主婦の愛人である男が自首してきて呆気《あっけ》なく解決した。男は、主婦が通っていたカルチャースクールの講師で、元市役所に勤めていた公務員だった。

調書を確認しながら、この男がひょっとして小曾根の顧客だったのか、だから事件の詳細を知りたがったのかとあれこれ邪推しては胃を痛くした。小曾根の家に忍び込んだ数時間後に犯人が自首とは、なんともいえない間の悪さだ。今さら悔やんでも仕方がないと思いながらも、しばし落ち込んだ。気を取り直して事件の後始末に集中しようとした矢先、立て続けに事件が発生した。

まず、その日の夜になってコンビニ強盗事件が発生し、手の空いていた鈴原班が出張ることになった。

そして翌五日の水曜日になって、ようやく小曾根の遺体が発見された。屋上から縄梯子が垂れているのを近所の人が見つけたのが四日の午後遅くで、それは向かいのマンションの住人だった。発見者は大したことじゃないと思ったのか、通報せずに翌朝出勤するついでに管理人に伝え、それでようやく発覚となったのだ。

すぐに通報されていれば、事件は鈴原班が担当しただろう。蕗はそれが良かったのか悪かったのか判断できない。神妙な顔つきで聞いていると、岡枝が大きく伸びをした。

「ま、そういうな。たまにはこういうこともあるさ」と事件が続いて、家に帰れなくなることで気落ちした表情の尾上の肩を叩く。そして、「これがわしにとって最後のコロシのヤマになるだろうな」と薄笑いを浮かべるのを見て、尾上や佐久間は、さすがに口を引き結んで頷く。

「岡さんが心置きなく定年退職できるよう、綺麗に片づけるぞ」

班長が吼《ほ》えるような声でいうと、班員はまるで小学生のように大きな声で返事した。白澤菭も、大きな笑みを作って声を張った。肩をいからせ力を充満させる振りまでした。心のなかの立ち騒ぐ波に呑み込まれないよう、そのことだけを考えて。

「被害者は小曾根彬、年齢六十五歳。この県の出身、現在の住所は遺体発見場所である前橋市住野《すみの》のマンション一〇〇一号室。被害者は東京の大学を出たあと二年後に司法試験に合格し、検察庁に勤務。八年前に退官するまでずっと検察官として勤めていました」

そこで一瞬、場はどよめいた。

捜査本部の置かれた前橋中央署《まえばしちゆうおう》は、管内に県警本部や県庁などを抱える大規模署だ。犯罪認知件数も検挙数も署員数もそれなりにある。前橋中央署刑事課には強行犯係から知能、窃盗までの係があり、組織犯罪対策課と薬物対策課が別にあった。殺人事件も年に一、二件は起き、喧嘩や事故がらみなのですぐに検挙に至ることがほとんどだが、たまに捜査本部を開くような事件もある。松元班が出張ったのは、一昨年《おととし》の夏に発生したストーカー殺人事件以来だった。

「地取り、鑑取りを始める」

班長の命で、佐久間が立ち上がり前橋中央署と松元班のメンバーの割り振りがなされた。菭とペアを組むのは、所轄の刑事課強行犯係、福屋俊大《ふくやとしひろ》巡査長だ。年齢は二十七歳で独身。昨年まで直轄警察隊員だったが、推薦を受け、今年の春から刑事課へと配属になった。

それまでも応援として刑事課の仕事はしたことはあったが、正式に刑事になった今は実質、研修中といっていい。蕗と組むことになったのは、年齢が近いというのもあるが、真面目で上司や先輩に忠実である性格も加味されたらしい。

「よろしくお願いします」

福屋はそういって、まるで段ボールを二つに畳んだかのように上半身を折った。身長は二メートルに少し足らないくらいだろうか。どこから見ても立派な体軀だ。直轄警察隊は、署所属の小さな機動隊のようなものだから体力自慢が多い。この福屋も、大学時代はレスリングで鳴らし、警察に入ってからはずっと柔剣道の特練生をしているといった。両方の耳は柔道のせいだろう、立派に潰れている。

蕗は福屋より二期上で、階級も上だ。警察では階級はもちろんだが、期が上であることが大きな差となる。福屋は体育会系らしく、蕗に対して礼儀正しくあろうとする。背中に物差しを入れたような直立姿勢を取ると、大声でいう。

「自分はまだ刑事となって半年足らずですのでご不便をおかけしますが、この機会に多くを学んで成長したいと思っております。色々ご教示いただければ幸いです。ご指示いただいたことはなんでも致しますので、遠慮なくお申しつけください」

「お申しつけって」あんたは執事か、と突っ込みたいのを堪え、そのまま戸惑った視線を他の松元班のメンバーに向けた。岡枝は真っ赤な顔をして笑いを堪えているし、尾上は机に突っ伏して肩を震わせている。

前橋中央署刑事課は人手が足りてないのか。刑事になりたての係員を繰り出して、ちょうどいいとばかりに一課の刑事と組ませて教育をしてもらおうということか。蕗とて一課では新米には違いないので、控えめながらも不満気な表情を浮かべていると、松元班長が見かねたように手招きする。

「白澤、悪いがベーシックなところを色々教えて、やり方を見せてやってくれ。ここの刑事課では来春、退職者が三人も出るらしい。もちろん異動で補充はするだろうが、中央署のやり方を熟知する刑事が必要だ。そういう意味で、福屋を早急に育てたいらしい」

「だとしても、いきなりこのヤマに当てるのは無茶じゃないですか」

「だからさ、白澤組は無難な捜査に終始してもらう。怒るな、怒るな。その代わり、地取り、鑑取りに拘わらず好きにやっていいから」

班長から頼んだぞ、といわれたなら頷くしかない。蕗は、黙って部屋の隅に向かう。福屋が直立不動で待機している。

配られた関係者リストを広げながら署を出た。

松元班長には不服そうな態度をしてみせたが、内心ではいい具合になったと思っていた。メインの関係者や本筋は他の捜査員が当たり、蕗らはそれらから遠く離れた知人、係累《けいるい》などに聞き込みをしてくれということだ。今の蕗にとって犯人確保が一番の目的ではあるが、同時に捜査の途上で自分の名前が出てくることを回避したい。そのためには、気の張る本筋を受け持つよりは今の方が、恐らく自由に動けて、そして捜査状況を冷静に把握できるだろう。

ひとまず、被害者がよく利用していた店を署に近い順から当たる。歩いても十分ほどの距離なので車は使わない。並んで歩きながら福屋に話しかける。ペアを組む以上気心が知れるくらいにはなっていたい。

「現場の様子は見た？」

福屋は神妙な顔をして、「はい」と頷く。

司法解剖の結果はまだ出ていないが、ひとまずの検視で、死因は後頭部を強打されたためだろうという見解が出されている。死亡日時は四日の深夜から未明にかけてで、解剖所見でもう少し絞られる筈だ。

松元班も臨場《りんじょう》して、部屋のなかを隈なく捜索した。凶器らしきものはどこにも見当たらず、蕗は普段通りの自分であることを願いながら、初めて見る現場を調べる振りをし続けた。

小曽根の部屋は、忍び込んだ夜のうちに隅々まで調べ尽くしていた。犯人に繋がる手がかりはもちろんだが、なにより、自分を示すものがないか必死で探した。だが、小曽根の部屋にはなにもなかった。現場の様子をスマホの動画で撮り、検察時代の名簿や友人知人の住所録、写真類など、ヒントになりそうなものは全てカメラに収めた。小曽根のポケットにあった携帯電話は、もしやと思って本人の指紋でロック解除をしてみたらあっさり開いたのでなかを確認した。だが、そこに蕗に連絡した痕跡はなかった。すぐに自分のスマホの履歴を見て、番号が違うことに気づいた。どうやら、貸金の仕事用にもう一台持っているらしい。その携帯を探したが、犯人が持ち去ったのか、どこにもなかった。小曽根がもう一台持っていることを気づかれないよう、携帯電話はそのままにしてきた。貸金用の携帯が今どこにあるのか考えただけで冷たい汗が出るが、その存在が知られる前に犯人が見つかればいいのだといい聞かせる。

焦る気持ちのまま調べ続けたが、小曽根の部屋は妙だった。

貸金業をし、ときに恐喝するほど荒稼ぎしているわりには部屋にあるものは質素だった。家具や調度品は量産品だし、貴金属のたぐいはほとんどなかった。高価だと思えるのは服、時計、靴くらいで、暮らしよりも身なりに構っていたということか。

そして一番戸惑うのはやはり、鑑識によっても携帯電話以外のパソコン類を含むＩＴ機器の痕跡が発見できなかったことだ。小曽根は嫌いだから使わないといっていたが、あれは本当だったらしい。検事時代は当然使っていただろうに。

結局、蕗が署名した手書きの借用書は見つけることができなかった。どこか別に保管しているということになるが、このマンション以外で、トランクルームなど大事なものをしまっておく場所の存在は見つけられなかった。調べたとはいえ、時間がなく焦っていたから見落としたのか。一番、考えられるのは銀行の貸金庫などだ。恐らくそこだろうと思った。そういうことは捜査していく上で明らかになるだろう。

あの夜侵入した蕗は、できるだけ早く引き揚げなくてはならなかった。手袋をしていたとはいえ、家のあらゆる場所を触っている。このままだとなにかを探していたことが鑑識にバレると思い、蕗は仕方なく、触れた場所を丁寧に拭って回った。これで自分の痕跡は消せるが、同時に犯人の痕跡まで消してしまうことになる。犯人の逮捕が遅れれば遅れるほど、蕗の名前が浮上してくる可能性は高くなる。

きりきりと胃が引きつるのを我慢しながら、蕗は夜明け前の街を防犯カメラを意識しつつ、自転車を漕いだのだった。

大きな体が視野に入って、こちらを窺う素振りを見せた。蕗は慌てて意識を戻す。

「それでなにか気づいたことはあった？」

先輩風を吹かせて、視線も向けずに問いかける。福屋は街路樹の葉をよけるためにか、単にわからないからか、首を何度も傾けたあと、自信なさそうに答えた。

「あの時間にどこに行こうとしていたのかは、気になりました」

「そうね」

あのとき、蕗は寝込みを襲われたことにしようとパジャマに着替えさせることを考えたが、結局止《よ》した。余計なことをすれば怪しまれるだけだ。鈴原班が担当するのか、松元班が受けるかはその時点ではわからなかったが、どちらの班にしても、ベテラン刑事の目を誤魔化すのは難しい。なるだけ手を加えない、自分はここにこなかったのだという体を作らねばならなかった。

小曽根は、恐らく蕗との待ち合わせ場所に向かうところだった。そのときベランダからの侵入者の気配に気づいてガラス戸を開けたところを襲われたのか。いや、それはない。胸のなかで蕗は断じた。

その場で襲われたのなら痕跡がリビングにある筈だ。ガラス戸の鍵はかかっていなかったがカーテンはきっちり引かれていた。小曽根がベランダの戸を開けていないということだ。逃亡しようとした犯人が、わざわざカーテンを閉めてゆくというのも解せない。

更にいえば遺体は和室の真ん中で横臥していた。後頭部の一撃が死因と思われるし、争った様子も見られない。小曽根はあの部屋にいるところを襲われたのだ。

犯人は屋上から縄梯子でベランダに下りて、たまたま開いていた戸から侵入したところ、和室で小曽根に遭遇して襲った――。違和感がある。

いくら慎重に縄梯子を伝い下りたとしても、起きていた小曽根が全く気づかないなどあるだろうか。もっといえば、出かける用意をしていたのだからベランダの戸の鍵は施錠していたのではないか。となれば、犯人は玄関から訪れたことになる。そして犯行後も、玄関から逃げるつもりだった。それなら屋上からの縄梯子はなんのためか。恐らくダミーだ。外からの侵入者によるものと見せかけるため。ベランダのガラス戸も侵入経路と思わせるため割っておく予定だった。だが、蕗が現れたせいで玄関が使えなくなり、偽装する暇もなく逃げるしかなかった。仕方なく、縄梯子を使った。

蕗が部屋のなかを調べているあいだに犯人は必死でよじ登って行ったか。

小曽根の顔見知りで、相当親しい人間が襲撃犯。深夜に訪れても、すんなりと家のなかに通され、後ろから殴られるほど油断してもらえる相手。

招集された捜査会議ではあらゆる方向から精査された。

縄梯子があったことから外からの侵入者の可能性と、あちこち丁寧に拭われた痕跡があるのに縄梯子を片づけ忘れている奇妙さから、そうと見せかけるための工作ではないかという、全く違う二つの意見が出た。当然ながら鑑取りを重視するような指示が出される。被害者の身近な関係者は、佐久間らが当たることになった。恐らく、犯人はそのなかにいるだろうというのが松元班長の筋読みだった。

福屋が再びこちらを窺う前に、蕗は指を差した。

「あそこのパン屋さんから聞き込みを始めよう。小曽根がパンを好んだかはまだわからないけど、立ち寄っている可能性はある」

「なるほど。了解です」

福屋がちらちらと視線を向ける。蕗の頭上から投げられる形だから、気になる。

「なに？」

「あのう、差し支えなければ自分が聴取してみていいでしょうか」

「あなたも刑事なんだから、差し支えなければとかいう前に行って」

「はいっ」

大きな体軀が駆け出すのを見送り、蕗は小曽根のマンションのある方向に視線を向けてそっと吐息を呑み込んだ。

7

意外というか、当然というか、捜査本部が立ち上がって二日で、小曽根彬が闇金の真似事をしていたということが判明した。

一気に本部は沸き立ち、なかにはこれで動機と犯人の目星がついたといわんばかりに顔を紅潮させる者もいた。見つけ出したのは、松元班の尾上組。小曽根の検事時代にライバルと目されていた人物で、今は弁護士をしている男から情報を引き出した。余程、小曽根を毛嫌いしていたのか、検察を辞めた不祥事のことまであれこれ喋ってくれたという。

「小曽根が貸金の内職をしていたのが事実なのか、早急に確認しろ。更にその前提に立ち、そっち方面にも専属の班割りをする」

班長のひと声で、捜査態勢が変わった。蕗は席に着いたまま、こっそり掌に湧く汗をハンカチで拭う。

捜査員は借用書や顧客リストなどデータ類を含め、探し始めることになる。とはいえ現場にそれらしきものが発見できなかったことや、小曾根の周辺からトランクルームや銀行の貸金庫の形跡が見つけられなかったことから、それらは既に犯人が持ち去ったと考えるのが妥当との意見が多くを占めた。

そうなると誰が顧客だったか、聞き込みなどで地道に見つけ出すしかない。ただ、金を貸すにしても遠方の人間は考えにくく、県内のそれも身近な人間、顔見知りか検察を通じての知り合いが客ではないかと捜査本部は考えた。そのなかに警察関係者も入っているのではないか、それが誰しもの脳裏に浮かんだだろう。雛壇《ひなだん》の幹部連中が強張《こわば》った表情をしているから、捜査員らも居心地悪く口を閉じる。お陰で会議はさほど盛り上がらず、時折、沈黙すら落ちた。平然としているのは班長の松元くらいで、地元の前橋中央署署長などは会議が終わるなり、副署長と一緒にそそくさと秘密の相談を始める始末だ。自分達の足下に火が点《つ》かないか戦々恐々としている。

「とにかく顧客を捜し出し、貸金の実態を明らかにしろ」

班長の指示は簡潔で絶対だ。佐久間や岡枝、尾上らが頷き、目を光らせながら出て行く。その後ろ姿を見送りながら、あとで尾上に捜査状況を聞いてみようと考える。

「まずは市役所ですか」と福屋が車の鍵を手に持っていう。今日は、捜査車両を借りることができた。

「そう」

小曾根彬の出生から死亡時までの来歴を追う。今は個人情報の保護が厳しく、電話やファックスで問い合わせるということが許されない。捜査員らが正規の申請書を提出して、コピーを出してもらうのだが、転居や転籍をしていたならすぐにまた申請し直さなくてはならない。そういうこともあるので役所に直接行って請求する方が早いときがある。幸運なことに小曽根はこの県が本籍地で、検察時代にあちこち転居はしたが、最後にまたこの生まれ故郷に戻ってきたことがわかっていた。お陰で遠出することなくすんだ。

役所の窓口で戸籍や戸籍の附票、住民票などを入手した。

住民票は何度も動かされているが、それも戸籍の附票を見れば一目でわかる。

「東京にも二度行っていますね」

「地方と本庁を行ったり来たりして偉くなってゆくのが通例らしいけど、あいにく小曽根はあと一歩というところでしくじった」

「例のコーヒー園ですね」

蕗は小さく頷く。

そのコーヒー園も調べるべきかで、捜査会議が紛糾したのを思い出す。現地に協力を頼むというのもあるが、松元を始め何人かの上層部はこちらから捜査員を行かせるべきだと強く提案した。さすがに海外となると簡単には決めかねるらしく、今もまだ結論が出ていない。判断に迷いも拙速《せっそく》もない松元だが、今回に限っては珍しく采配を振れていない気がした。それはやはり被害者が元検事であるということが理由のひとつだろう。

捜査会議のあと、担当検事がこの近くまできたからといいわけしながら、幹部が起立する雛壇に歩み寄る姿があった。その顔には、突《つつ》き回して余計なことまで明らかにしたくないという思惑が透けて見えた。

「この辺の時代を追ってみよう」

三十代のころ一度、前橋地方検察庁に赴任してきている。検察時代の経歴と照合すると、当時は刑事部の捜査検事だった。

友人や検察同期からの聞き込みで、若いころの小曾根の活躍振りなどがわかってくる。警察から送検された被疑者のなかには、黙秘を通す者もいるし、供述を変える者もいる。小曾根はそんな連中の口を割らせ、送検された犯罪事実以外の、いわゆる余罪までも突き止めたという武勇伝がいくつもあった。

「一番、脂《あぶら》が乗っているころだから、人となりとか参考になる話も出てくるかもしれない」

蕗がいうと、福屋も殊勝な顔して頷く。当時の検察庁は今とは違う場所に建っていた。以前あった場所の近くから聞き込みを始める。

福屋は四角四面を絵に描いたような聴取振りで、店舗などは昼前の忙しいときのこともあってか門前払いに近い対応だった。それでも根気よく続けてゆくと、格式張った料亭の仲居から思いがけない情報を得た。

「小曾根さんでしょ。殺されたって聞いて驚きましたよ。うちにも昔はよくきてくださったから」

小曾根が前橋の検察庁にいたのは三十五歳から三十八歳までだが、他府県に異動してからは、この料亭とは実質のつき合いは途絶えていた。だから、退官したあと戻ってきたことは知らなかったといった。

「やはり生まれ故郷だからでしょうね」と振ってみると、年配の仲居は、そうねぇと指を顎に当てる。蕗はじっと仲居のしもぶくれの顔を見つめる。気づいた仲居は、不自然に目を逸《そ》らした。ここに戻るのになにか他の理由があるのか。

若いころの小曾根は切れ者で容姿も悪くなかった。思いつくまま、「もしかして、個人的なおつき合いでもありました？」とふざけ半分、半分本気の目つきをして訊く。仲居は、大きな口を開けて笑い、「わたしなんか駄目よ。小曾根さん、ご自分がハンサムだからか、女性もそれなりの容姿を選ぶ人だったのよぉ」と答えてくれた。

当たりのようだ。蕗は、そっと福屋に目で合図して席を外させた。ここは女性同士の内緒話に持っていく。あれこれ手練《てれん》を尽くして、昔の懐かしい話を訊き出した。

当時、小曾根彬には深い関係の女性がいた。素人《しろうと》ではなく、料亭に出入りしていたコンパニオンで、仲居がいうには小曾根好みの美人だったという。どうやらそのコンパニオンの女性と仲居は親しい間柄だったらしく、店が引けたあとに二人で飲みに行ったりして、盛り上がったそうだ。

小曾根が異動するときに二人は別れたらしい。友人である仲居からすれば、「都合よく捨てられた」ということのようだが、愛人だった九条明海《くじょうあけみ》は納得していたのか引きずることもなかったそうだ。それなりの手切れ金も支払われたと思われる。

明海は今、どこに住んでいるのかと尋ねたら、仲居はしょげた顔をして教えてくれた。

「もうずい分前に亡くなったわよ」

「他にご家族は？」というと、目をパチパチさせて口ごもる。調べればわかることだが、そこは直《じか》に聞きたい。頼み込んでなんとか話してもらう。

「息子が一人ね」

どくんと鼓動が大きく打った。

「九条明海さんに息子。その子どもってもしや」

仲居は首を縦に振る。「明海ちゃんは小曾根さんの子どもじゃないっていい張ってたけどね。実際、認知とかもしてもらってないらしいし。でもね」といいながら、どう見ても小曾根さんの子どもなんだけどね、と苦笑いした。顔が似ているようだ。

「会ったことがあるんですね？」

「もちろんよ。生まれたときから、そうねぇ、中学生くらいまでは家を訪ねたときなんかに顔を合わせて、話もしたわ」

「中学生まで。それ以降は？」

「高校に入るころに明海ちゃんが亡くなったのよ。それきり姿が見えなくなったの。今ごろ、どこでどうしているのか」

頭のなかで指を折り、生きていれば二十七歳だと知る。ここにきて思いがけない容疑者が浮上した。蕗はその場で飛び跳ねたいほどの興奮を感じた。

小曾根には成年の婚外子がいた。八年前に別れた妻とのあいだにも子ども、確か娘が二人いるが、今は三人とも海外に移住している。事件当時、日本に戻った形跡がなかったため、早々に容疑者リストから外されていた。

もう一人の子ども、それは小曾根に最も近い人間といえるのではないか。

仲居に礼をいって別れ、福屋と合流するとすぐに話して聞かせた。二メートル近い大男が子どものように顔を赤くし、涎《よだれ》を垂らさんばかりに目を輝かせる。

「捜査本部に連絡します」

そういう福屋を止めて、蕗はにっと笑ってみせる。

「もう少し調べてからでもいいいんじゃない」

すぐに察して、福屋はああといって大きな笑顔を見せた。オモチャをあてがわれた子どものような笑みだ。自分達が本筋から離れたところを捜査しているのはわかっていただろう。新米なのだから仕方ないと諦めてもいただろうが、志願して刑事となった人間なら誰しも犯人を見つけ、追いつめ、捕まえたい、と思っている。それが刑事にとっての一番のご馳走《ちそう》だ。尽きせぬ思い、果てしない望みだ。

自分の身を守らなくてはならない立場の蕗でさえ、わくわくするような高揚感と滾《たぎ》るような血の巡りを感じる。飢えた犬が犯人という名のエサを見つけて興奮するのは、刑事の性《さが》だ。

すぐに九条明海の除票から戸籍を上げ、長男豊海《とよみ》の名前を見つけ出す。そして戸籍の附票から現在の住所を引き出した。

「行くわよ」

「はいっ」

ハンドルを握る福屋の声が、さっきまでとはうって変わる。ステアリングが、大きな掌に隠れて、まるでコマのように回転した。

8

九条豊海は、転居することなく、夜逃げすることもなく、今も住民票のある場所に住んでいた。

だが、訪ねたときは留守だった。

仕方なく、蕗と福屋は戻るのを待ちながら、近所に聞き込みをかける。

時計を見て、赤く染まり始めた空を見上げた。捜査会議が始まる時間だ。コンビニに聞き込みをしていた福屋が肩を落としながら戻ってきたのに、「仕方ない。一旦、戻りましょう」と告げる。

捜査会議では、これといった進捗は見られなかった。午後に一度、尾上に連絡をして、いまだ小曾根から借金していた人間を捜し出せず、刑事達は汗を流すしかない有様だということを聞き及んでいた。だから、捜査会議にもわりとリラックスした感じで参加できた。

そんななか、蕗の指示で福屋が九条豊海の件を報告する。会議は騒然となり、配られた資料を全員が穴を開けんばかりに睨みつけた。雛壇では、松元が立って蕗と福屋を労い、新たな容疑者の出現を重々しく伝える。心なしか上層部の顔色もいい。犯人が借金をしていた警察関係者でないようにと、きっと毎日、願をかけていたことだろう。

「これからは、貸金の線と九条豊海の線で行く」

福屋が蕗に身を寄せ、「わたし達も追っていいんですかね」と飢えた犬のように物欲しげにいう。

蕗は、肩を揺するようにして頷いた。

「追わないでどうするの。わたし達が見つけたのよ」

福屋はぱっと少年のように顔を明るくした。蕗はじっと後ろの席から松元の目を捉える。いいですよね、という気持ちを思いきり込めた。班長が僅かに首を左に傾げたのを見て、思わず立ち上がる。まだ福屋と共に無難な線を追えというのか。抗議しようとしたが、先に高い声が割って入った。

その日の会議に顔出ししていた高桑一課長で、席に着いたまま叱るようにいう。

「白澤組は、九条豊海の身柄をちゃんと確保して。生の姿を見るまでは仕事をしたことにならないわよ」

「はいっ」蕗と福屋は声を揃えた。前の方の席で、岡枝が左の拳を上げて振り返ったのが見えた。


竹河勝がブランコに座ったまま貧乏揺すりをする。そのたび持ち手の鎖が耳障りな音を立てるので、蕗は眉根を寄せた。音から離れるように滑り台の方に行くと、竹河が慌てて駆け寄ってくる。

「なあ、信じてくれ。小曾根さんが、そんな脅しみたいな真似をするとは思わなかったんだ」

振り返って目を尖《とが》らせると、竹河はさっと目を伏せた。

盗犯係の仕事だけでなく刑事のイロハに至るまで全て教えてくれた先輩で、心から信頼し、尊敬もしていた。まさかと思う気持ちは今もあるし、なにをどう信じていいのかわからない、その苛立たしさを抑えきれずにいる。

小曾根が殺された報が入ってすぐに連絡を取った。なのに竹河はなんだかんだといいわけして、会おうとはしなかった。仕方なく、小曾根の顧客を捜査本部が捜していることを告げ、竹河の名を出すことになるといったら、ようやく姿を見せたのだ。

今はどこも防犯カメラが設置されているから、密会する場所を探すのもひと苦労だ。蕗が以前いた伊勢崎署管内にある公園が、今改修中であると知ってそこで会うことにした。重機が黒い妖怪のように居並ぶなか、地面が掘り返されて石畳の欠けらや樹木、花の残骸が無残に広がっている。敷地の一角に児童用の遊具を置いているエリアがあり、フェンスで囲まれていたが、隙間からなかに入った。

蕗が黙っていると、なにかいわないとと思ったらしく、「それに脅しというほどでもないんじゃないのかな。白澤がいうように、顧客が犯人かも知れないとわかって、心配で訊いただけなんじゃないかな。ほら、あの人、検事が長かったから、捜査状況を聞けばある程度は予測できるし」と竹河が薄い笑みを浮かべる。

「だとしても、わたしがどうしてお金を借りる羽目になったのか、その理由を勝手に調べ上げて、脅しのネタにしたのは間違いないんです。もしかするとそっちが本業なんじゃないんですか」

「そっちって?」

「脅しのネタを見つけること。報われない公務員のための慈善事業だとかいって親しげに近づいて、実際はどんな不始末をしたのか情報を集めていた」

「いやいや、そんな、まさか」

蕗は、被せるように冷たくいい放つ。「竹河さんもグルなんてことは」

「よせよ」

竹河は一瞬、蕗の目を睨み返したが、諦めて横に流した。竹河が小曾根と仲間で、脅しのネタを探すことに手を貸していたとしても、今それを暴いてもなんの得にもならない。顧客だと発覚すれば、竹河は警察を辞めることになる。中年の巡査部長が不祥事で辞めて、いい転職先など見つかるわけもない。そのことの自覚はあるらしく、自分に捜査の手が及ぶのではないかと捜査本部の進捗状況を知りたがった。

「そんなことより、小曾根がどこに借用書や顧客リストなどを隠しているか知りませんか」

「え。部屋になかったのか?」

本当に知らないという顔なのか、惚けているのか。刑事を十年余り続けてきた男の表情を見極めるのは難しい。

「自宅にパソコン類がなかったんです。貸金の仕事用に使っていたと思われる携帯電話も見つかっていません。顧客情報はある程度その携帯に入っているでしょうが、借用書は手書きのペーパーでした。きっとどこかに隠している筈です」

「ホシが持ち出したんじゃないのか」

もう少しで、犯行直後に部屋に入ったから、殺人犯は探す暇がなかった筈だといいかける。ぐっと唾を飲み込み、首を振った。

「部屋のなかは荒らされておらず、なにかが持ち出された形跡もありませんでした」

竹河は不審そうな目を向けたが、なにもいわないまま頭《こうべ》を垂れた。

「俺にもわからんよ。小曽根さんがパソコンとかＩＴ機器を信用していないのは知っていたが、大事なものをどこに隠しているのか想像もできない。用心深い人だったから、自宅には置かないとは思うが」

「そうですか」

小曽根の周辺を探しても、貸金庫やトランクルームなどの情報は出てきていない。大事なものを預けられるほど信頼している人間もいない。

滑り台に手をかけて、ため息を吐く竹河をじっと見つめた。

「な、なんだよ。もう、俺はなにも隠していない」

「わたし達の他に、警察関係者で小曽根の顧客に誰がいるのかご存じないですか」

蕗が、証拠品保管庫からお金を盗んだことを調べ上げた人間がいる。小曾根の顧客か、もしくは仲間が必ず本部内にいる筈だ。それが誰か知りたい。

蕗は竹河の紹介で小曾根を知った。以前にも同じように仲介したのではないか。竹河は首を左右には振らないまでも、軽く顎を引くにとどめた。

「俺も、警察の先輩から紹介されたんだ。もう退職された人だが。街金ではないにしても、借金は借金だからな。めったな人には紹介できないさ」

久々に会った白澤が、思いつめたように相談してきたから助けてやりたいと、そう思っただけだと呟く。嘘か本当か、これまで他に小曾根に紹介した警察関係者はいないと告げた。

「では警察関係者以外ではいるんですか？」

「伊勢崎署のOBと消防で働いている従弟《いとこ》だけ」と崩れた笑みでいう。これも本当かどうかわからないが、ひとまず蕗は頷いた。

竹河も知らないのであれば、振り出しに戻って探さなくてはいけない。小曾根彬の周辺を隈なく浚《さら》うのだ。

短い挨拶だけして互いに背を向けた。世話になった先輩だが、もう以前のように打ち解けた話はできなくなった。そのことに小さくない寂しさも悔しさもあるが、本《もと》を正せば蕗が金に困っていると相談したことで、更にいえばあの出来損ないの蕗の兄のせいなのだ。自業自得という言葉が頭に浮かんで、懸命に振り払う。

「竹河さん」

「うん？」

背に呼びかけると、びっくりするくらい早く返事をして振り返った。まるで、蕗から温かい言葉をかけてもらえるかと期待するかのように。

「小曾根から家族のこと、なにか聞いていませんか」

「家族？　別れた奥さんのことか？」竹河は幾分がっかりした風だったが、すぐに好奇心溢《あふ》れる光を目に宿す。

「いえ。別口の」

「別口？　内縁とか愛人か？」

黙っていると、竹河はうーんと腕を組む。

「小曾根さんは六十代半ばの年齢だったが、男から見ても色気のある人だった。女にはモテたと思うよ。ただ、どうだろう。今さら、素人相手に恋愛なんかするかなぁ。面倒臭いだろう」

なにがどう面倒臭いのか、とことん突っ込んでみたい気がしたが、心身の疲労が半端ないので諦める。なにか聞きたそうな顔をしている竹河を置いて、さっさと工事中の公園から抜け出した。

9

着替えをしにアパートに戻ったついでに軽くランニングをしようとウェア姿で表に出た途端、不快なものを見た。

ジャーキーをくわえた悪相のブルドッグが涎を垂らしながらガニ股で歩いている。金を渡して以来、会うことのなかった兄の然は、なぜか満面の笑みを浮かべていた。無視して通り過ぎようとしたら、ジャーキーを慌てて飲み込み、「お金を返しにきたのに」と周囲のことなどお構いなしに叫び声を上げた。今日は四月一日だったかと訝《いぶか》しみながらも、足を止める。

「いっただろう。ちゃんと働くことにしたって」

そういって然は、走ってもいないのに額に汗を滲ませ、拳で拭う。蕗は横目で睨みながら手を突き出した。然は虚を突かれたような顔をしたが、黙って睨み続けているとようやく気づいたらしくポケットから取り出した皺くちゃの一万円札を蕗の掌に載せた。三万円あった。

「残りはいつ？」と訊くと、びっくりした顔をする。驚くのはこっちだ。この分では完済は年金受給が始まるころになるだろう。

小曾根が死んだことで借りた二百万円は宙に浮いた。都合良く考えれば、借金は立ち消えとなり、然から徴収しなくていいのかもしれない。だが、それでは然をいい気にさせるだけだし、第一、蕗にはそんなことはできない。

証拠品の金を盗み、小曾根の家に侵入するような人間ではあるが、貸主が死んだからと、借りた金を踏み倒したりすれば、自分を今以上に貶《おとし》める気がする。それこそ、目の前にいる人の皮を被った悪鬼と同類になってしまう。いずれ小曾根の相続人に渡すか、どこかに寄付するかして借りを返したいと考えている。

「また、お金ができたら持ってくるよ」

その悪鬼が渋々答えるのを睨みつけ、背を向けた。然が慌てて甘えるような声を出した。

「なあ、今忙しいんだろう？」

ずっとアパートの前で蕗が戻るのを待っていたが、何日も戻ってこないのでそう思ったらしい。

事件が発生したらそれが解決するまでなかなか家に帰ることができないのを知っている。今は、働き方改革で必要以上の残業や泊まりはしなくていいようになっている。だが、一課だけでなく刑事課の人間、特にベテランほどいまだに捜査本部が立つと二十四時間事件にのめり込む。積極的ではないが、所轄の方も捜査員が宿直室や道場で寝泊まりするのを黙認し、そのための支度を整えてくれたりしていた。

「めったにアパートに戻らないんなら、そのあいだだけでも僕に使わせてくれないかな」

「はあ?」

妙なことをいうと殴るぞといわんばかりに拳を作ってみせる。然は、引きつった顔であとずさった。

「汚くしない。絶対、お前のものに触ったりしない。酒もご飯も外で食べるし、シャワーをちょっと使わせてもらって、台所の床で寝させてもらえればいいんだ」

それでも拳を解《ほど》かないでいると、「シャワーは二日、いや、三日に一回でいい。お前のアパートから職場が近くて便利なんだ。時間が不規則だから大変なんだよぉ」といい募る。

「原付バイクを持っていたんじゃないの? わたしのアパートを探すために、寿司店の配達を尾行したっていった」

「ああ、あれ。とっくに売った。家賃を滞納していたから」

「だったら自転車で通えば」その辺の山にでも行けば、壊れた自転車の一台くらい不法投棄されているだろう。そういうと拗ねたように唇をすぼませる。

「僕がちゃんと働けば、お前に金を返せることにもなるんだけど」

「よくいうわ。で、仕事ってなに?」

「え、あ。うん、フードデリバリーサービス。それと夜にはその、運転手」

「フードデリバリーって、ネットで注文を受けて自転車とかで届けるやつ?」

そう、というので、だったら自転車があるんでしょ、それで通えばというと、同僚が休みのときに借りてやっているだけだからと、また口をすぼめる。

「そっちがメインの仕事じゃないんだ。じゃ、運転手ってのはなに?」

いいにくそうにもぞもぞ唇を動かすが、やがてフレーメン反応を起こした馬のように歯を剝《む》いて笑うからすぐに察した。

「デリヘル」

性懲りもなく、まだそういうのにかかずらっているのか。蕗が大学生のころ、デリヘル嬢になれと拉致まがいの乱暴をしたことなどすっかり忘れているらしい。いや、忘れているのでなくずっとその世界と繋がっているのだ。

昼間はフード、夜は女を運ぶ。ある意味、然らしい仕事といえる。

ランニングを続けることにしたが、然は珍しく食い下がってくる。今度こそ真面目に働きたいと、これまで見たことのないような顔までした。おかしな女に手を出して、酷い目に遭ったのが相当応えたようだ。走り続ける蕗のあとを瀕死のブルドッグが追いすがる。周囲の目も気になって、根負けしたように足を止めた。もう一度だけ。これが本当に最後だと告げる。ブルドッグは全身を汗みずくにさせ、壊れた人形のようにいつまでも首をこくこく振り続けた。

あとから聞けば、それまで住んでいたアパートはとっくに追い出され、ここ数日、野宿をしていたらしい。どうりで臭うわけだ。元々おかしな臭いしかしないから、不思議に思わずにいた。

よくそれで、デリヘル嬢から苦情がこないわね、というと、昔の女からもらったコロンを振っているし、デリヘル嬢には案外人気があるんだ僕、というのでもうなにも話す気がしなくなった。

然が蕗のアパートに転がり込んだことで、二日に一度、三日に一度は戻って妙なことをしていないか確認することにした。大事なものは全て本部の自席に移動させたが、帰ったら家具いっさいがなくなっていたなどという羽目にはなりたくないので、監視は怠らない。

デリバリーの仕事がないのか、ときに然と顔を合わせることもあった。大概、ソファに寝そべってポテチを食べながらアダルトビデオを見ているか、漫画を広げていぎたなく眠りこけているかだ。

そんなときは仕事がうまくいかない苛立ちの捌《は》け口として、思いっきり足で蹴らせてもらうことにしていた。痛い、痛いと涙目をするのを見ると多少なりとも気分が晴れた。


九条豊海の行方が知れなかった。いったいどこに消えたのか。

蕗らが本部に豊海の存在を報告する前に、勢いのまま聞き込みをかけたせいで気づかれ、とっくに逃亡したのじゃないかと陰でいわれていることを知った。尾上が、気にするなという風に首を振ってくれるが、少しも慰めにならない。高桑課長が後押ししてくれたこともあるし、なんとしてでも自分達の手で豊海を確保しなくては、と意気込みだけが空回りする。

そんな日が十日ほども続いた日の午後。

福屋が大きな体を会議室の隅で縮めているのを見かねたのか、中央署の同僚刑事らが慰めている。

本部捜査一課とはいえ、新米のそれも女刑事と組まされて気の毒したな、そんな言葉を聞こえよがしに吐かれて、蕗はかっと頭に血を上らせた。我慢する気もなく、ひと言いってやろうと踏み出しかけたら、こちらに背を向けていた福屋が毅然《きぜん》とした口調でいい返すのが聞こえた。

「いえ、白澤刑事には勉強をさせてもらっています。所轄とは違う、これが一課かという捜査技術で自分は瞠目《どうもく》するばかりです。ご一緒することでわたしは刑事としてひと回りもふた回りも成長できると思っていますので、楽しみにしていてください」

同僚らが、はぁ、という顔をするのを尻目に、室内の敬礼をして場を離れる。そして蕗の姿を見つけると微かに顔を赤くした。蕗は気づかぬ振りをする。

「行くわよ」

そういうと、福屋は自信に溢れた声で、はいっ、と返事した。

刑事になったばかりの男にお世辞をいわれたくらいで、と思いながらも再びやる気が蘇るのを感じる。そういう精気のようなものがときになにかを引き寄せることがある。蕗は期待に胸が膨らんだ。

福屋と一緒に所轄の玄関先の階段を下りたところで、声をかけられた。大きなリュックを背負った若い男性が戸惑ったような顔を向けている。

「なにかご用で」最後までいい終わらないうちに、蕗は、ああっと声を上げていた。隣では福屋が目を丸くして、口まであんぐりと開けている。聞き込み先で手に入れた写真に少し年齢と肌の衰えを加えた顔が目の前にあった。

「く、九条豊海っ」と叫んだ福屋の腹に、蕗は肘鉄を思いきり打ち込む。

「九条さんですね」落ち着いた声でいうと、男は怪訝そうな顔で頷いた。

豊海は身長一七三センチ、体重七二キロ。二十七歳のいたって普通の男性だった。見るからに健康そうで、腕や胸にはしっかり筋肉がついて日焼けした顔には一重の目、形のいい鼻、大きな口と白い歯。全体的に整った容貌で、長く伸ばした髪は前髪と共に後ろでひとつにまとめていた。声は多少ハスキーだが、はっきりとしていて耳触りがいい。仲居は小曽根にそっくりだといったが、目元以外では似たところは見つからない。

蕗が、所轄の会議室を借りて聴取する。形としては白澤組が見つけたことになるから、ここは譲れない。

豊海は取調室ではないものの、いきなり警察署の三階にある会議室に入れられたせいか、パイプ椅子の上で居心地悪そうに体を揺すっていた。どうしてここにきたのかと尋ねると、今日、山から戻って駅を降りたとき、近所の人と偶然出くわしたとぽつぽつ喋り出す。警察が豊海のことを色々訊いていたよ、なんかしたのとまでいわれたので気になった。心当たりはなかったが、もしかすると少し前に家の鍵を失《な》くしたのでそのことかと思って、家に戻らず真っすぐ警察署まで出向いてみたという。

今までどこにいたのかと訊けば、足下に置いたリュックを指差し、ソロキャンプをしていたと述べた。仕事やプライベートで行き詰まると、ふらりと出かけたくなるそうだ。どこにどれくらい行くか予定など立てず、思いつくまま気が向くまま。そうして十分リフレッシュできたなら下界、つまりアパートに戻ってまた仕事を探す、そんな暮らしをここ数年続けているらしい。

「それじゃあ、今は無職?」

「はい。以前はハウスクリーニングの会社で働いていました。個人宅やビルの清掃とかするところです」

「辞めたのはいつごろ? なぜ辞めたの」

それにも豊海は臆せず話す。仕事がきつく、休みも取れない。そのくせ、清掃に入った個人宅でなにか問題が起きると全て作業員のせいにされ、ヘタをすると損害分として給料から差し引かれる。一年ほど勤めていたが、親しかった先輩が辞めたのを契機に自分も別の仕事を探すことにしたそうだ。

「リフレッシュといっても貯金も大してないから、ソロキャンプするのが精いっぱいですけどね。それでも、体さえ元気ならなんでもできるし、明日からハローワークに行くつもりでした」というのを聞いて蕗はなんとなく、然と引き比べてしまって内心でため息を吐いた。同じ無職でも、意欲のあるなしでこうも容姿や喋り方まで違ってくるのか。

「そのう、それで俺にどんな用なんですか、警察に迷惑かけることなんかしてないつもりですけど」と不安そうな声を出すのに、はっと意識を戻す。

「小曾根彬」

そのひと言で豊海の、働くことに意欲を持つ未来ある青年の顔が一変した。体のどこかが捩《ね》じれているのに、気取《けど》られまいとするかのように頬が強張る。

「ご存じの方なんですね。どういうご関係か説明してください」

それまでの協力的な態度が消えた。

「俺と関係なんか微塵もない。母親の古い知り合いとしか聞いていない」

「お母さまの古い知り合い？　どのような？」

「そんなこと小曾根に訊けばいいじゃないか。だいたいお宅らになんの関係があるんです？」

蕗は一拍置いて、「小曾根彬さんは亡くなられました。今月四日の未明と思われます。状況から何者かによって殺害されたものと思われ、現在、この署で捜査をしています」と一気に告げる。じっと豊海の表情を窺う。長テーブルの角に立っている福屋も息を止めるようにして見つめていた。

大きな変化はなかった。ただ、両目が微かに見開き、小さな黒目が揺れた。右目の下が痙攣し、口角が歪められる。

「そうなんですか。殺されたんですか、へえ」

そういって視線をテーブルの上に落とした。黙って待っていると豊海は顔を上げ、「誰に殺されたんですか？　容疑者っていうんですか、それはもうわかっているんですか」と尋ねる。蕗がなにも答えないでいると、一重の目がじょじょに大きく開かれてゆく。

「ああ、そうか、だから俺なのか。そうだよな。なんで気づかなかったのかな。俺が疑われているんだ、そうでしょう？　それでアパートにまで刑事さんが聞き込みにきたんだ。なのに、呑気に自分からひょこひょこ警察署に顔を出したりして」

おっかしいなぁ、とくすくす笑い出す。おもむろに頭の後ろで腕を組むと背を仰け反らせた。軽く天井を睨み、「そうか。死んだのか、あいつ」と呟く。

「ソロキャンプということでしたが、三日夜から四日朝にかけて、誰かと会ったとか話をしたとかはありませんか」

「ありませんよ。ソロキャンプですから。しかもキャンプ場でなく、勝手に山に入って適当なところでテント張ったんで」と妙に力強く断言する。

豊海の供述によれば、二日の日曜日に出かけ、二週間以上山に籠っていたことになる。詳しい場所やルートなど細かに聴き取る。

「二週間ってずい分な期間ですね。いつもそんなに長くキャンプされるんですか」

「まさか。働いているときは土日とか休みの日だけです。さっきもいったように、今回は仕事を辞めたので、心身を浄化させ、新たな活力を得るためのエネルギーを、ま、そんなのはいいや。とにかく、次、どんな仕事になるか、休暇も満足に取れないような職場に行くことになるかもしれませんから、今のうち思いっきり楽しんでおこうと思ったんですよ」

もっともらしい説明だが、どういおうとアリバイがないことに違いはない。

しつこく問うてゆくうち、豊海は、小曾根彬が自分の父親であると知っていたことは認めた。だが、母と自分を捨てた人間だから親しむ気もなく、むしろ嫌っていたことなど目を逸らさずはっきり告げる。

会ったことはあるのかと尋ねたら、何度かあると答えた。初めて会ったのは豊海が大学進学を諦め、仕事に就いて三年ほどしたころで、どうやって調べたのか小曾根からいきなり連絡がきて会ったという。成人の祝いを兼ね、親子の対面をした。既に小曾根は離婚し、今のマンションに一人で暮らしていた時期だ。小曾根にしてみれば家族を失したから、もう一人の家族を思い出してみたくらいの話ではないだろうか。少なくとも豊海はそう思っているらしかった。

犯行日時の行動を詳細に聴き取り、一旦は解放することになった。

松元の指示で、捜査員が二人、自宅にちゃんと戻るかの確認のため豊海を追尾する。別班が供述の裏取りのため、キャンプで入ったという山や駅周辺での目撃情報、防犯カメラ映像、聞き込みなどに走った。

それらと入れ替わりに佐久間組と岡枝組が戻ってきて、豊海の事情聴取の結果を聞くため集まる。

「ふうん、つまり豊海は父親である小曽根をよく思っていなかった。二人のあいだでなにかしらのトラブルがあった可能性もある、ということだな」

蕗からの報告を聞いて佐久間がいう。

「案外、本星かもしれませんね」

岡枝が、蕗を振り返ってウィンクまがいの瞬きをしてみせた。

「しかし、疑われるとわかっていて、自ら署にやってきますかね」佐久間が静かな口調でいうと、岡枝が、先手を打ったのかもしれない、とすかさず答えるのに、蕗も乗っかる。

「小曽根と会うときは、親子の会話を楽しむよりお金の無心に終始し、不快な思いをさせるのが目的だったといっていました。恨みに加えて金銭目的があるとすれば、殺害も計画的である可能性が出てきます」

「ふむ。ソロキャンプをすることでわざとアリバイを作らなかったということか」

ヘタなアリバイ工作はかえってリスクを招く。暴かれたらもう逃げ道はない。そう考えてグレーなアリバイにとどめたとすれば、かなり手強《てごわ》い。

「どちらにせよ、九条豊海のことは全て洗い出せ」

蕗と福屋が返事する。佐久間と岡枝も、「こっちは貸金の顧客だ」と背筋を伸ばした。

「なにかわかりましたか」

蕗がなにげない風に尋ねたら、佐久間がしっかりと頷くのにどきりとする。

「一人見つかった。検察の事務官をしている男で、賭け事に嵌まって馘《くび》になりかけていたのがいる。半年以上前に借りたらしいが、先月、借金は返している。別班が引っ張って聴取することになっているから、供述次第では他の顧客のことがわかるかもしれない」

「そうなんですか」背筋を冷たい汗が流れ落ちる。

「どうやら貸す相手は公務員ばかりで、警察関係者もかなりいるらしい」

蕗は、軽く仰け反り、驚いてみせた。

「元検事というのがいい売りになっていたんだろう」

そんなことで信用するなんてのは、と岡枝はいいかけるが、すぐに口を閉じて頭をずるりと撫でる。

「わしらは同業には甘い。仲間に悪いのはいないと、生まれたての赤ん坊みたいに信んじ込んでいるところがある。手もなく引っかかるだろう。それを承知で闇金みたいなことをしていたとすれば、小曾根は案外な悪党だな」

岡枝の言葉が針のように全身に突き刺さる。蕗は歯を食いしばり、一刻も早く犯人を見つけないと、と強くいい聞かせた。

10

「はい？」

「いや、だから、俺も捜査させてくれないかな」

蕗は、目の前の日焼けした男の顔をまじまじと見つめる。隣では福屋が、大きな体をことさら張り出すようにして眉間に皺を寄せている。

九条豊海のキャンプ仲間を洗っていたときだ。

昼になって一旦、福屋と合流したところ、その大きな体の後ろから当の豊海が姿を現したのには、さすがの蕗も目を瞠《みは》った。

「聞き込み先で出くわしました」とまるで学生が試験に失敗したときのように肩を落とした。普通、聞き込みをかけるときは周囲にも目を配り、被疑者や参考人が身近にいないか確認するものだ。そうでなくとも関係者に聴取しているのだから、いつ本人が現れてもおかしくない。そのことを最初に教えておくべきだったか、と思ったところであとの祭り。

豊海は、自分の身辺を調べて回っている刑事を見つけて追いかけたらしい。

「あのさ、こうして疑われたまま警察につきまとわれていると俺、まともに就職できないんだ。犯人を見つけるのは警察の仕事だとわかっているけど、あいつが殺されてからもう二十日近く経つじゃないか。こういうのってヤバいんじゃないの。迷宮入りっていうの？　いや時効は撤廃されたから、継続捜査とかなんかに回されるのかな。それとも容疑者は挙がっているの？　あ、俺か。俺しかいないの？」

そこで苦笑いして、「だから、それが困るんだよなぁ」という。困ったといいながらも、どこか他人事《ひとごと》のような空々しさがある。アウトドアで鍛えた体を動かすと、頭の後ろで馬の尻尾のようなポニーテールの髪が揺れる。豊海はこぼれた前髪を無造作にかき上げながら蕗の頭を見つめた。

「刑事さんの髪、綺麗ですね」

「は？」

「男の髪ってのはどういうわけか女性のほど艶が出ないんですよね」本当に見たことないくらい綺麗だ、といって、いきなり右手を伸ばすと、蕗の髪を耳の上から掌で撫で下ろした。不意打ちで反応が遅れたが、咄嗟に手を弾《はじ》き返して身を捩《よじ》る。同時に福屋が後ろから羽交い締めにした。

「いててて。冗談だよ、冗談。ごめん、ごめんなさい」

蕗は睨みつけ、触られた部分の髪を何度も手で拭った。謝り続ける豊海を見、目で福屋に合図して、解放させる。豊海は腕をさすりながら、「とにかく、俺は犯人じゃない。だから一刻も早く容疑を晴らして欲しいんだ。知りたいことがあればなんでも協力するから、一緒に捜査させてもらえませんか」と一重の目を開き、子どものようにぺこっと頭を下げた。

「わたし達は遊んでいるんじゃないのよ」

「わかってます。探偵ごっこじゃないっていうんだろ。だけどさ、実際、行き詰まっている、違う？」

蕗は平然と聞き流したが、福屋が悔しそうな顔をした。その単純さに舌打ちを我慢したが、豊海は、やっぱりね、ともう笑っている。

「あいつのことなら、俺、ちょっとは知っているから」

「だったら今ここで全て話して」

「そうじゃなく、一緒に調べさせて欲しいっていってるんだ。二十日も経っているのに、俺しか容疑者がいないなんて、悪いけど日本の警察も大したことないなって思う。はっきりいえば俺、警察のことなんか微塵も信用してないし。アリバイがない以上、いつえん罪をかけられるか怖くてたまらないんだよね。だから自分の潔白は自分で晴らす。たとえ俺から情報を聞いてお宅らが調べたとしても、俺にしか気づけないこともあるじゃない。ようはギブ・アンド・テイク」

俺のいっている意味わかるかな？　と福屋を見上げてにこっと笑う。明らかに、福屋が新米刑事で役に立っていないと気づいている風だった。福屋が感情のままに目を怒らせ、豊海の胸ぐらを摑もうと迫るが、すばしっこく蕗の後ろに逃れて顔を寄せた。

「手書きの借用書」

短く囁《ささや》くとさっと離れた。蕗は顔に表情が出そうになるのを懸命に堪える。福屋が怪訝そうに見つめるのに、小さく頷いた。

「仕方がないわ。追い払ってもついてきそうだし。とにかく話だけは聞きましょう。あっちで」と、ファストフード店を指で差した。

豊海は大きく首を振り、福屋も不承不承頷いた。

店舗は昼どきで混んでいた。

コーヒーとハンバーガーのセットを三人分頼んで、福屋を列に並ばせる。奥の丸椅子に蕗と豊海は向かい合わせに座った。

「それで、さっきのはどういう意味？」

蕗は初めて聞いた捜査員らしく振舞う。豊海が福屋に聞こえないように囁いたのは、なにか意図があるのか。見極めなくてはならない。

「うん？　ああ、小曾根の借用書ね。今どき手書きなんだぜ」

思わず舌打ちした。外では具体的な名称は出さないで欲しい。刑事なら当たり前のことだが、豊海は平気で口にする。

「声落として」それだけ注意する。豊海は殊勝に頷き、「俺にとって小曾根は単なる小遣いをくれるおっさんに過ぎなかった。それ以外の興味もないし、肉親の情なんてのは皆無だから。あっちもそうとわかっていてつき合っていたと思うよ。多少の罪滅ぼしになると考えて、金をくれていたとすれば、笑えるけど」

親子の確執などどうでもいいと苛立つ気持ちを抑えながら、黙って話を聞く。

「こっちにしてみれば、どんだけ金を持っているのか、そこが気になる。あいつのマンション見ただろう？　俺も何度か行ったけど、古くて貧相だった。これは無心するにも限界があるかなと思って、あいつがベランダで電話しているときにこっそり調べたんだ」

「それで？」

蕗は、カウンター前の列が進んでいる様子を横目で見たあと促す。

「ああ。そうしたら借用書ってのの？　あれを何枚か見つけた。達筆っていうのかな、まあ、うまい字ではあったけど。笑ったよ。手書きなんて」

「いいから、それ、その借用書を見たのはいつのこと？」

「え」豊海はなんでそんなこと訊くのという顔をしたが、なにもいわず、「ずい分前だよ。去年？いや、今年の初めだったかな」

胸の内で安堵するのを気取られないよう、先を急がす。

「ああ。この男、闇金みたいなことしてんだなってわかってさ。それなら、金もある筈だと安心したわけ」

「だからその書類はどこにあったの」

「え。見つかっていないの？」

しまった、と思ったがもう遅い。自分の身に関わることだから、うっかり口走ってしまった。こんなことでは福屋を責められない。仕方なく、部屋のどこにもなかった、と教える。

「そうか。それで行き詰まっているんだ。逆にいえば、犯人は借金していた人物だってことになるよね。借用書か顧客情報が見つかれば、一気に事件は解決する。だろ？」

「どこにあるのか心当たりは？」

豊海は首を振った。がっかりした表情に気づいたのか、すぐにつけ足す。

小曾根が個人的に親しくしていた人間や行きつけにしていた店を知っているという。

「でも俺なら見つけられるかもしれない」

福屋が近づく気配がして、蕗は話題を変えた。キャンプした場所やルートで誰かに会っていないか問い質《ただ》すと、豊海はぽかんとしたが、すぐに話を合わせた。

福屋はテーブルにトレイを置いて、蕗に買ったものを渡す。受け取りながら、福屋にいう。

「今、小曾根氏に関する情報をいくつかもらったから、このあと、聞き込みに行くことになるけど」

「了解です」

福屋は返事をすると、ハンバーガーを手にして豊海にちらりと視線を流した。

「この人はいないものとして。勝手についてくるのまで止められないし」と蕗は口早に告げると、余計なことはもう訊くなという風にハンバーガーにかぶりついた。

豊海もむしゃむしゃとおいしそうに食べ始める。それを横目で見、蕗は重い石の塊を飲み下すように懸命に口を動かした。


午後からの捜査会議のため、一旦、署に戻る。

順次、捜査員が報告するが、めぼしい目撃情報も供述も出てこない。小曾根の客だった検察事務官の男は、借金をしたことは認めたが、事件当日のアリバイがあって取りあえず容疑者圏外となった。ただし、供述から、結構な数の顧客がいて、そのほとんどが公務員だということがはっきりした。

「元検事が貸金業とは、どういう感覚なのか」と高桑祐里一課長が首を傾げるのに、松元班長も頷く。そして最後に、九条豊海のことが持ち出された。

蕗は本部に戻るなり、祐里と松元に、豊海と遭遇し捜査協力を提案された話などを早々に報告していた。豊海には他の捜査員が張りついているから、蕗らとハンバーガーショップに入ったのは既に知られている。問い詰められる前に話すことで、疚《やま》しさがないことをアピールしなくてはならない。その上で、豊海とある程度、行動を共にすることの許可を申し出た。

松元は眉を寄せたが、祐里は面白そうに目を光らせ、いいんじゃないのといってくれる。

「まだ九条は容疑者じゃないでしょ。福屋もついているし、情報を引き出す意味も含め、多少、強引な捜査も試す価値はあるんじゃない？　どうかしら松元さん」

一応、ベテラン班長の松元に伺いを立てるが、一課長がGOサインを出したなら余程でない限り拒めない。とはいえ、参考人と接触し続けるというのはかなり異例だ。それはある意味、今回の事件が困難な様相を見せ始めているということでもある。

実際、他の上層部などはあからさまに苛立った顔をしているし、祐里が蕗の案をあと押ししてくれたのも、刑事部長から何度も呼び出しを受けていることと関係あるのだろう。松元は納得しないまでも、仕方なさそうにため息を吐いた。

「だが無理はするなよ、白澤。現段階で一番、疑いの濃い人間であることには違いない。どんな反撃をしてくるかわからんから、用心は怠るな」

松元の案じる顔に蕗は、はい、と強い目で返した。そして、「福屋、気合入れてかかれよ」と捜一の班長直々に発破をかけられた新米刑事は、轟《とどろ》くような返事をする。やかましい、と班長にいわれてシュンとするのを見て、蕗と祐里は顔を見合わせて笑いを噛み殺した。

11

「覚えているのは、情報漏れを防ぐのには、アナログが一番だといってたことくらいかな」

捜査のために署を出ると、豊海が待ち構えていて、犬のような人懐っこさで近寄ってきた。追い払うことはせずに歩いていると、道幅が狭くなったところに車がきて、福屋が後ろに下がることになった。豊海が素早く蕗の横に並ぶので横目で睨むと、ふざけたように両手を上げ、「もう絶対触らない」という。

借用書のことをしつこく尋ねてみたが、手書きであったこと以外、借主の名前までは思い出せないといった。それで蕗はずっと疑問に思っていたことを訊いたのだ。小曾根の年代で、しかも元検察官がパソコンに疎《うと》いというのも考えにくい。顧客情報はデータにしてどこかに隠しているのではないか。USBメモリやSDカードなら場所を取らない。

豊海は首を振ったあと、アナログだという言葉を口にしたのだ。

「それはノートとかに書き留めるってこと?」

「さあ。IT機器は仕事では仕方なく使っていたらしいけど、基本、スマホもタブレット類もゲームも嫌っていた。俺の知る限り、あの部屋でパソコンは一度も見ていない。今や家電でもなんでもみなITなしで使えないいんだけどね」とバカにしたように鼻で笑う。

蕗は、鞄のなかから書類を出し、福屋と共に確認する。

「それ、あいつの部屋にあったもののリスト?」

横から豊海が覗き込もうとするので、わざとらしく隠す。なんだよ、というが、無視する。もう何度も見たものだ。事件直後に、蕗自身も隈なく調べており、今も頭のなかには部屋の全てを三次元で脳内に浮かび上がらせることができる。気になるものはなかった。

リビングにはテレビ、ソファ、新聞、雑誌類。寝室のタンスには下着、着替えの服、靴下類。押し入れにはハンガーにかけられたブランドの背広、ネクタイ類、布団、扇風機、暖房器具。段ボールの箱に昔のアルバム、検察時代の備忘録などが入れられていた。和机の上には、六法全書などの書籍類があり、引き出しには文具、便箋の他、高価な時計、検察時代のものなのか古いタイピンやカフスがいくつもあった。あとは海外に住んでいる別れた家族の写真、主に娘二人のものが多く、それに交じってトラのストラップがあった。ビーズで作られたもので手製かもしれない。気になるものといえばそれくらいだろうか。小曾根彬は寅年《とらどし》生まれでなく酉年《とりどし》だ。娘の一人が寅年だから、娘からもらったものなのかもしれない。まだ確認はとれていなかった。

　当然、手帳もノートも、見つかっていない。本当に隠し場所の見当がつかないのか豊海をせっついた。腕を組んで考える振りをしているように見え、蕗は目を尖らせる。

　豊海はそんな蕗を見て、「なんか白澤さん、必死って顔ですね。顧客リストになんかあるんですか」という。

「犯人の名前があるかも知れないんだから当たり前でしょう」と冷たくいい捨てた。

「なるほど」と豊海は肩をすくませ、また思案顔をした。福屋とは違う、アウトドアで鍛えたらしい頑丈そうな姿を眺めながら、この男は本当に犯人じゃないのだろうか、とまた迷路のような思考に陥る。

　殺人犯は犯行現場に現れた蕗の姿を見ている可能性があった。もし、豊海がそうなら、蕗に近づく理由はなにか。追いつめられる姿を見て楽しむためか。捜査状況を知るためか。なににせよ、自分が捕まる危険を冒してまですることとは思えない。豊海は犯人ではないのか――。

「貸金庫とかはもう調べたんだよね」

豊海がふいにいうのに、思わず頷いてしまった。仕方なく続ける。

「身の回りのものから考えられる銀行など、全て当たったけれどなにも出てこない。県内にない銀行やトランクルームなど借りていたとしたなら探すのは難しいでしょうね」

「やっぱり鍵は携帯電話でしょうか」と福屋が黙っていられないという風に口を挟む。

捜査本部の会議でも、遺体と共に発見された携帯電話以外の電話の存在が疑われた。見つかった携帯に顧客らしい番号がひとつもなかったこと、それなのに、借金の受け渡しや督促のやり取りを電話で行っていたことなどが判明していたからだ。

用心深く公衆電話を使っていたようだが、客の一人が携帯からかかってきたと証言した。あいにくすぐに消去したらしいが、電話会社に捜査協力の依頼をすることになる。民間会社なので、こちらが催促してもすぐには対応してもらえない。どれほどの日にちで結果が出るのか。

いずれ、小曾根の携帯電話の番号が判明すれば、その履歴から自分のスマホの番号が出てくる可能性がある。どんどん追いつめられてゆく気がして平静ではいられない。

別班の捜査によって、新たに市役所職員と中途退職した元警察官が金を借りていたことが判明している。幹部はOBがいたことで少なからずショックを受けたようだが、いずれそうなるとわかっていたことだ。このまま捜査が進めば、竹河や多くの警察官の名が明らかになる。そこに、蕗の名前が出てきたら松元はどう思うだろう。

想像するだけで全身に悪寒が走る。発着信者の特定が終わるまでになんとしてでも、この手で犯人を確保したい。せめてそうすれば、どうにかなるかもしれない。

「なんだか具合悪そうだなぁ」

はっと意識を戻して、すぐにタンスのなかに入れたままの手を動かし始める。

三日ぶりにアパートに様子を見に帰った。然が仕事もせずにだらしなく寛《くつろ》いでいるのを見て、なにかいわなくてはと思いながらも力が湧かない。然にまで気づかれるほど疲れているのかと落ち込みそうになる。腹に力を入れて、ソファに横たわる豚を振り返った。

「人の心配より自分のことを心配すれば。仕事はどうしたの？」

「うん、もうちょっとしたら事務所に行く。昼間、デリヘル頼む人は少ないからさ」

「まだそんな仕事しているの。フードデリバリーの方はどうしたのよ」

「ああ、あれ。このあいだ自転車でこけちゃってさ。足を痛めたから今は休職中——ああっ、大丈夫だって」

蕗が目を吊り上げて立ち上がったのを見て、然は慌てて体を起こし、バンザイするように両手を上げる。

「その分、運転手の仕事、バンバンしているから。それなりに給料もらえてるから。もうちょっとしたら、ここを出て安アパート借りられるだけ貯《た》まるんだって」

「本当でしょうね」

「本当だって。それより、蕗、冗談抜きで具合悪そうだぞ。食べてんのか」

然の周囲に散らばっているスナック菓子を横目で見ながら、再び膝を突いて着替えを鞄に詰め始めた。

「仕事、大変なのか？　あれだろ？　元検事が殺されたって事件を担当しているんだろ」

「仕事の話はしない」

「わかってるさぁ。だけどさ、検事って偉いんだろう？　警察の親会社みたいなもんだろ？　なにがなんでも殺したやつ見つけないと警察も面目が立たないから、大変だろうな」

蕗はすっくと立ち上がると、ソファに再び寝転ぶ然を見下ろした。

「なに、色々訊いてんのよ。これまでそんな話、一度だってしたことなかったじゃない。なにを企《たくら》んでいるの」

「え。企むって。そんなぁ、僕はただ、お前のことが心配で、わぁ」

蕗はキッチンから果物ナイフを持ち出す。それを見た然は、痛めた足を撥ね上げてソファを離れ、部屋の隅で身を縮めた。

「いいなさい。なに企んでいるの」

一歩近づくと、然は丸い体を転がすようにして逃げ回り、懸命に手を振った。

「ないない、なにも企んでない。そんなこと微塵もないって。ただの世間話をしただけだって。そうでないとお前、ぜんぜん口利いてくれないじゃないか」

ナイフを下ろして、じっと睨みつける。然は額に汗の粒を噴き出させ、引きつった笑顔を作った。

「とにかく、ちゃんとした昼間の仕事を探して。そして馬車馬のように働いて、一刻も早くここから出て行って」

そういって蕗は果物ナイフで、新しい下着のタグを切り取った。

「わ、わかったよ」と然が答えるのを背中で聞き捨てる。

それから二日後の二十四日月曜日、竹河勝が調べられていると聞いて、蕗は愕然《がくぜん》とした。

「聴取は誰がしているんですか？」

渇いた喉に必死で唾を流し込み、岡枝に尋ねた。

「佐久間さんと所轄の刑事だよ。二人が竹河の名前を引いてきたからな。ただ、幸か不幸か犯行当日は署の当直でアリバイは鉄壁なんだ」

「そうなんですか」

給湯コーナーにコーヒーを淹れに行く振りをして背を向けたら、なおも岡枝の声がかかる。

「そうそう、班長も自ら出陣してるぜ。珍しいことだから、白ちゃんもお手並み拝見してくるといいよ」

みぞおちを打たれたようなショックが貫いた。無理に息を吐いて笑顔を作る。ひりつく喉を鳴らして、「そうなんですか。もちろんです」と答えるのが精いっぱい。

福屋がついてくるのを疎ましく思いながらも、取調室の隣にある監視部屋に入った。班長が自ら乗り出しているせいか、捜査員が既に五、六人も窓を覗き込んでいる。しかも一番前には高桑祐里の姿まである。もう満杯だぞ入ってくるなよ、という疎ましげな視線を無視して体を差し入れる。

熱気と冷や汗に髪もシャツも濡らしながら、蕗は息を詰めて松元を見つめた。

竹河はもう観念している風だった。蕗の心臓は大きく跳ね、こめかみが脈打つ。正面に佐久間が座り、竹河の斜め後ろに松元の大きな体があった。竹河は明らかに、前よりも背後を気にしている。狭い取調室で松元から放たれる無言の圧に耐えられる人間がどれほどいるだろう。長く刑事をしていた竹河ですら顔から血の気を失していた。

「知らない筈はないだろう」

松元の低く粘りつくような声がする。竹河は振り向くことをせず、堪えるように唇を噛んだ。

「他にも利用者がいただろう。お前が小曾根のために顧客を紹介していたと聞いているぞ」

そんな話は出ていない。はったりだ。佐久間も所轄の刑事も素知らぬ顔をしている。

「お前が関わった連続窃盗事件で、小曾根が検事で担当してからのつき合いだってな。よく一緒に飲みに行ったりしたそうじゃないか」

「それほどでもない、です」

「なに？　聞こえない。何回行ったって？」

竹河は大きく息を吸い、はっきりと、「一度か二度です」という。

「一度か二度なんていい方はしない。一度きりか、何度かだ。お前、まだ四十一だろう。そんな程度の記憶力でよく盗犯係の刑事をやっていたな」

竹河の名前が出るなり捜査員は全員、彼の経歴、プライベートなど全てを浚っている。

「お前にとって刑事の仕事など二の次だった。競馬、競輪、ボート。賭け事三昧で、いつも金に困っていた。違うか」

竹河のこめかみから汗が流れる。だから小曾根から金を借りていたのか、と蕗は奥歯を噛んだ。真面目で仕事ひと筋の人と思っていたが、妻子と別れてからの寂しさを賭け事で紛らわせていたのか、それとも賭け事に嵌まったから離婚したのか。

「別れた奥さんのところに刑事が聴取に行った。ご苦労をされたようで、色々話してくださったぞ」

はっと竹河が顔を上げる。なにかいいかけるが、堪えて口を閉じた。

「このことが職場に知られたら、お前は間違いなく馘だな。小曾根はそんなお前になにをいった」

「え」

「慰めてくれたか。賭け事はいい加減に止せと忠告してくれたか。それとも、伊勢崎署刑事課の話を聞かせてくれと頼んだか」

絶句する。その表情から、竹河もまた小曾根に脅され、スパイの真似事を強要されていたのだと知った。なんということ。そんな人間だとわかっていて、竹河は蕗に小曾根を紹介したのだ。激しい哀しみと同じくらいの怒りが湧き上がる。冷たい汗と熱い汗が同時に噴き出た気がした。

けれど松元は、どうして小曾根が脅しをしていると知ったのだろう。捜査会議ではそんな話はなかった。ただ、最初に判明した検察事務官が、小曾根から金を借りるとき、今はどの検事についているのか、どんな事件を担当しているのか根掘り葉掘り訊かれたと証言していた。恐らく松元はその時点で、脅しを考えていたのだ。

労多くして報われることのない公務員のための、安心できる貸金をしたいという小曾根の話を松元は端《はな》から疑っていた。根拠があってのことなのか、刑事の経験が弾き出したものなのかはわからないが、真に受け、信用した己のバカさ加減が嫌になる。蕗は情けなさに泣きたくなる気持ちを必死で振り払う。

「誰と誰が小曾根の客だ。そのなかに殺人犯がいる。隠せば、お前も同罪だぞ」

はっとする竹河。

「警察官が他にもいるんだな」

首を縦にも横にも振らず、石のように固まる。そんな竹河に松元は畳みかける。

「どこの人間だ。所轄か。本部か。お前の知り合いならどちらにもいるだろう」

蕗は喉を鳴らし、息を止めた。

「自分の潔白を証明したいなら、小曾根の客の名をいえ。警察官としての矜持《きょうじ》の最後のひと欠けらを見せてみろ。竹河、これがお前のこれまでの刑事としての功績を無にするかどうかの瀬戸際だぞ。息子にとって父親のお前は立派な警察官でいるのか、多くの窃盗犯を捕まえたベテラン刑事でいたくないのか。それとも口を噤《つぐ》み、仲間を庇《かば》う愚かな人間となって監察から処分を受けるのか。奥さんは、今のお前の姿を息子には知られたくない、そういって泣いておられたぞ」

竹河っ、松元の声が轟いて、監視窓を揺らした。竹河の上半身がゆらゆら揺れる。

落ちる――。蕗は、恐怖で全身がわななく。もう、終わりだ。唇が震え出し、目を瞑りたいのを我慢する。

ふいに竹河の首が動いて、視線がこちらを向いた。向こうから見える筈はないのだが、ここに多くの捜査員がいるのは承知しているだろう。そしてそのなかに蕗もいると。

視線を戻した竹河の表情が変わった。松元の眉間が歪み、佐久間が唇を噛むのが見えた。

俯《うつむ》いたまま竹河は、ゆっくり首を振った。

「知り、ません」

蕗は、全身が弛緩《しかん》してその場にくずおれそうになる。そしてすぐに別の緊張で体が固まった。

松元班長が、黙ってこちらを見つめていたのだ。

12

小曽根が貸金専用に使っていた携帯電話の番号が特定された。そこからやり取りがあった電話番号が判明する。そこには、顧客と思われる多くの番号があった。

白澤蕗の携帯番号もある筈だ。たった一度だけだが、小曽根は蕗のスマホに連絡をしてきた。高崎市の主婦殺人未遂事件のことで、慌てて情報を得ようとしたのだ。

捜査会議の席上で、発着信者リストが配られた。

蕗は、福屋と並んで座りながらずっと目を伏せていた。かろうじて竹河から名前が出るのは免《まぬが》れたが、またすぐにどうしようもない事態に追い込まれている。もう、諦めるしかないのか。

金を借りただけなら、刑事ではいられないだろうが警察を馘になるまではない。だが、そこから証拠品保管庫から金を横領したことがわかれば、馘になるだけでなく、刑事訴追を受ける。どれほど情状酌量されようとも、罪を犯した事実は消えない。

正義を貫き、正しい人間でありたいと渇望し続けた自分が、犯罪者になる。その絶望と哀しみで心臓が破れそうだ。

「手分けして顧客を特定し、任同《にんどう》、もしくは聴取する」

松元の声を聞いて、大勢が頷く。隣の福屋も、「これで大きく進展しますね。犯人はこのなかにいるとわたしも思います」と明るい声でいう。

蕗は怪訝な顔で福屋を見やる。そして慌ててリストに目を向け、やり取りした番号とその所有者名を見た。白澤蕗の名前はなかった。すぐに頭書《とうしょ》にある小曾根の携帯番号を見た。

「違う」

思わず口にしていた。福屋が、はい？　と聞き返すのに慌てて首を振る。

小曾根はいったい何台携帯電話を持っているのだろう。今となってはわからないが、万にひとつの幸運が蕗を救ったことだけはわかる。

妙な安堵の息をこぼさないよう気をつけながら、福屋と共に席を立ち、出口に向かう。

「白澤」

松元に呼ばれて立ち止まる。普段通りに、という言葉を胸の内で乱打する。

「はい、班長」

「九条豊海の方はどうだ」

「特に変わった動きはありません。前回会ったときには、小曾根に連れて行ってもらった店をリストアップするといっていました」

「ふうん。昔捨てた息子と仲良くやっていたんだな」

「九条の方は打算でつき合っていたようですが」

「小曾根が死んだ以上、海外にいる娘二人と三等分した遺産が手に入ることになる。案外、その辺に動機が隠れているのかもしれん」

「動機ですか。班長は九条を容疑者と？」

「いや、まだわからん。小曾根が、金を貸した客から色々な情報を得ていたことがわかった以上、容疑は広がったといえる。情報を流した方は、そのことでまた脅され、小曾根に搦《から》め捕られたと恨みを深めたかもしれん」

「なるほど」

「ただ、気になるのは視線だな」

「視線？」

「竹河が誰を見ていたのか」

どくん、と激しく心臓が鳴った。松元の視線を正面から受け止める。逸らすことなく、懸命に平静を装う。装えているのか、不安に思うことすら我慢する。

「この捜査本部にもいるとお考えですか」

この答えで合っているだろうか。どうか汗など噴き出ていませんように、と祈る。

「竹河なら、ここに誰がいるのか知っているだろう。誰を見ていたのか気になるところだ」

「そうですね」

松元は片手を上げると、引き止めたな、行ってくれと笑顔を作った。蕗は、福屋と共に室内の敬礼をして背を向ける。歩きながら部屋を出るまで、松元の視線を感じ続けた。ちゃんと歩けといい聞かせる。

廊下に出たところで足を止め、たまらず息を吐いた。

松元は、蕗を試したのだ。竹河と伊勢崎署で一緒だったことは当然、知っている。恐らく、蕗だけでなく、竹河と繋がりのある捜査員にはみな声をかけているのではないか。そうであって欲しい、自分だけ疑われたのではないと、強く強く信じたかった。

「ほら、ここだよ」

九条豊海は、前橋で最も繁華といわれる通りから一本裏側に入った路地へ、蕗と福屋を誘った。

そこは、昼は息を殺すようにして静まり、陽が沈むとルールも道徳も人間性すら置き去りにして目を覚ます一帯。煌《きら》びやかなネオンが瞬く下では、嬌声《きょうせい》と怒声が朝まで響き渡る。

「あいつ、この辺の店によく出入りしていてさ。俺も何度か連れてこられた」

「嫌っていたわりには、仲いいじゃない」

「まあね。タダなんで」と肩をすくめる。

「どの店？」と周囲を見渡す。隣で福屋がスマホで店の看板を写し始めた。

「まあ、この辺りのはだいたい行っているな。そうだな、常連になっていたのは、『ランド』と『青いしずく』だと思う」

『ランド』はキャバクラで、『青いしずく』はファッションヘルスだ。てっきり居酒屋か小料理屋、せいぜい高級クラブくらいかと思ったが、小曾根は相当の元気印だったようだ。美人が多いんだと豊海がいうのに、蕗と福屋が黙って睨み返すと鬱陶しそうな表情をする。

「あのね。いいわけするつもりはないけど、俺自身はこういうところ全く、微塵も興味ない。連れてきてもらったのも一度だけだし。こう見えて女性とつき合うことには真面目だからね。ひと目惚《ぼ》れしても口に出せずに、悶々《もんもん》と思い続けるタイプ」といって五秒ほど蕗を見つめた。

眉根を寄せてみせるが、一瞬、心が揺れた気がした。バカバカしいと目を逸らす。

「それにさ」と豊海は言葉を続ける。「俺が進んで行ったのはもっぱら食べるの専門の店だから。基本、酒は苦手なんだ。蕗さんが小曾根の行きつけにしていた店を教えろっていうから、連れてきたまでなのに、そんな目で見られるなんて心外だ」

いつの間にか勝手に下の名で呼んでいる。注意しようとしたが、面倒だと聞き流した。

「それでこの二店には小曾根が気に入った女性がいたのね？」

「うん」と豊海は頷き、「名前は覚えていないけど、見たらわかると思う」という。

「そう」考えながら、豊海をじっと見る。

なにを勘違いしたのか、豊海はムキになって声を高くした。

「俺はね、どんな仕事であれ、一生懸命仕事をする女性のことは尊敬するし、魅力的だとも思っている。ただ、なんていうのか、女性性を売りにするよりは、男女の別なんて気にせず、ひたむきに頑張る人が俺は」といって口を噤んだ。そしてすぐに、俺、なにいってんだろ、と独りごちながら看板を見上げる。隣で福屋が盛大に鼻を鳴らした。

キャバクラはともかく、ヘルスには聞き込みに入り辛い。福屋が豊海を連れて『青いしずく』に入るのを見届け外で待つことにした。

電柱にもたれながら、ネオンの瞬く路上を見るともなしに見る。

客を送りに出てくる華やかな衣装を身に着けた女性。酔った男の腕にもたれかかる女性。グループの最後尾で硬い笑顔のまま振られた話に答えるスーツ姿の女性。そして電柱の陰に身を隠しながら待っている女が一人。

空に月はあるけれど、ネオンの光で地上には届かない。地面に落ちている影は、四方から突き刺さる人工の光のせいで複数現れる。あのときの影はひとつだけだった。しかもまるで電柱にできた瘤《こぶ》のようだった、と思い出す。

人通りのない道。学校帰りによく通る階段。三十八段。その一番上から落ちたなら、大怪我をするし、命さえも危ぶまれる。そのことが、あのときの蕗にはわからなかった。ただ、母親にいわれるまま、悪いやつだからという言葉を信じて駆け、手を突き出した。

すぐに自分のしたことのおぞましさに気づいたが遅い。怖くてしばらくのあいだ新聞もニュースも見ることができなかった。大学生になったとき、ようやく調べる気になって探したけれど妊婦の女性が階段から転落死したという記事はネットにもどこにも見つけられなかった。大丈夫だったのだと思おうとした。ただ、もう一人の命を奪ったことだけは間違いないだろう。

薄いピンク色のスカートが血の色に染まった。その光景は目の奥に刻まれたままだ。人の血、この世に生まれる筈だった人間の血だということだけは、子どもにも知れた。あの日以来、赤やピンク色の服を着ることができなくなった。

心が潰れずにすんだのは、テレビドラマのお陰だ。女性弁護士が犯罪者を救おうとしていた。それを見て、悪いことをした人を庇うことが正しいとされる仕事があるのを知った。悪人の味方をしたからといって、その人間も悪人になるわけではない。悪い人を救うのが正しいのなら、多くの犯罪者を救えば自身の罪もまた拭われるのではないか、そう考えた。だから弁護士を目指したのだが、アルバイトして貯めたお金を然に使われてしまい、法科大学院を諦めざるを得なくなった。

白澤蕗はいい人になる。正しい人にならなければいけない。弁護士が駄目なら、警察官になろうと考えた。然に、デリヘル嬢として働けと迫られ逃げ出したとき、交番のお巡りさんが様子のおかしい蕗を見て声をかけてくれた。泣きじゃくる蕗になにも聞かず、ただ、困ったことがあればいつでもいいなさいといった。なんでもできるとはいわないが、悪いやつを捕まえることはできるから、と笑ったのだ。そのときから、悪人を捕まえ、一人でも多くの人を救うことで贖罪《しょくざい》にしようと思った。そう心に決めてこれまで生きてきたのに――。

今も、ふとした拍子にあのときの掌の感触が蘇ってくる。

「白澤さん」

はっと意識を戻して、目を向けると福屋の怪訝そうな顔にぶつかった。すぐに拳を解いて尋ねる。

「どうだった？」

蕗は、豊海の窺うような視線を無視して背を向けると、福屋と並んで路地を抜けた。

「小曾根は、きたときは必ずこの女性を指名していたようです。今日は休んでいるということでおりませんでした」

福屋のスマホを手にして、店に出している写真を撮ったものを見る。大きな目と外国人のような鼻筋は修整したものだろう。金色の髪を中世の貴婦人のように大きくカールさせて、目の粗《あら》いガーゼにしか見えない布地のランジェリーをまとって煽情《せんじょう》的なポーズを取っている。

「店での名前はウサギだそうです。本名は平《たいら》、於兎《おと》」

「おと？」

福屋が手帳に漢字を書いてみせる。

「そう。源氏名のウサギは名前から取ったのね」

捜査本部で配った発着信者リストにこの名前はなかった気がする。すぐに鞄から書類を取り出して確認するがやはりない。小曾根とはそれほど親しい仲ではなかったということか。

「連絡先は？」

福屋は首を振り、「店から携帯電話を持たせていたそうで、私物の番号はわからないということでした」という。今どきは、こういう職業でも一般企業並みの手当をする。

「そう」がっかりすることなく、仕方ないという風に頷く。だが、福屋は控えめに住所は手に入れたといった。仕事に就く際に提出した履歴書を見せてもらったそうだ。形ばかりのもので、住所と名前と生年月日、あとは学歴くらい。年齢が二十一歳で、書かれたものを信じるなら県立大学中退だ。

「凄いじゃない。よく履歴書まで見せてくれたわね。今どきはこういう店でも個人情報だとかいって渋るのが多いのに」

上出来じゃない、と笑いかける。福屋は頷きかけた首を途中で止めた。黒目が横に揺れたので、豊海がなにか手を貸したのだと察した。振り返ると、豊海がポケットに手を入れたまま口早に告げる。

「小曾根の息子だっていったら、向こうが勝手に気を遣ったんだ。ご愁傷さまでしたってね。お得意さまだったそうだから」こっちもそれなりに落ち込んでいる振りはしておいたけど、と肩をすくめる。

「小曾根から、世話になった女性に渡すよう預かっているものがある、高価なもので直《じか》に渡したいといって訊き出した」と自慢する風でなくいった。

「そう。ありがとう」

蕗が礼をいうと、豊海はえっと戸惑った顔をしてすぐに、うん、と頷いた。

「刑事顔負けね」とこれは福屋にいう。素直に悔しそうな顔をした。

13

常連となっていた店のひとつである『ランド』ではめぼしい情報は得られなかった。確かに小曾根が気に入って指名していた女性はいたが、ずい分前に妙な男に引っ張られて行方をくらましていた。

「そんなこともあってウサギちゃんの方に入れ込んだのか。だけど二十一ってあり得ないだろう。まだ子どもじゃないか。変態め」と豊海が唾を吐くようにいう。

手に入れた住所に向かうと、こぢんまりとした真新しいマンションだった。七階建ての五階。一番端の五〇五号室。どういうわけか小曾根のところから歩いて二十分足らずだ。そんな近くに気に入りのヘルス嬢が住んでいる。むしろ住まわせたと考える方が自然だろう。

インターホンを押して蕗が画面に映るように立つ。しばらくして高い声をした女性が応答した。小曾根の件でというと、すんなりとドアは開いた。

写真修整の技術に驚嘆する。目は一重で、鼻は丸みを帯びており、貴婦人というよりは垢ぬけない女子学生風だ。色っぽさはなく、幼さが際立つ。髪だけは巻きが崩れてはいるが、写真の通りに金色のまま。

「平於兎さんですね」

警察手帳を見せると、於兎は目が悪いのか前屈みになって覗き込んだ。福屋のと見比べるようにしていたが、ふいに顔を上げると蕗を見つめて、にたっと笑う。

「平さんですね」ともう一度確認する。

於兎は着古したロングTシャツからだらしなく右肩を出した姿で、「小曾根ちゃんのこと？」と訊く。

「ええ。お話、伺えますか」といって蕗は於兎の後ろを見やる。玄関口にスニーカーやハイヒールが散乱しているが、男物は見当たらない。だからといって一人きりとは限らないが、於兎は、どうぞといって身を引いた。

福屋と顔を見合わせたあと、靴を脱ぎかける。豊海までが入ろうとするのを押しとどめた。

「これ以上は駄目。外で待っているか、嫌なら帰ってもらっていい」

そういうと豊海は不満そうな表情を浮かべたが、そのまま背を向けてエレベータに向かった。

部屋は外観の通りにこぢんまりしていた。小曾根と同じ1LDKだがずっと狭い。キッチンカウンターの側に二人用のダイニングテーブルと椅子があり、リビング側にも二人がけのソファとローテーブル、テレビがあって部屋はそれでいっぱいだ。ローテーブルの上にはビールの空き缶とワインのボトルとグラス。床に敷いた麻のカーペットの上には、下着や衣服が散らばっているが意外と普通のものばかりだった。派手な衣装やランジェリーは営業のときだけなのか。

チェストの上には、小曾根に買ってもらったらしい高そうな化粧品がずらりと並んでいる。鏡は綺麗に磨かれ、大きなドライヤーやブラシ、ヘア用品、ボディに塗るクリームがいくつもあった。仕事には真面目に励んでいるらしい。意外だと思ったのは、化粧品類の隣に、籐《とう》のかごに入ったビーズや糸のたぐいがあったこと。趣味なのか、綺麗に仕上がったビーズアクセサリーが丁寧に並べてある。オレンジ色の合皮のスマホポシェットとデコしたスマホがあるが、ポシェットにもピンクのウサギのビーズストラップがついていた。そういえば、と小曽根の家の引き出しに同じようなトラのストラップがあったことを思い出す。

「悪いけどその辺に適当に座って。お茶とかコーヒーとかはないの。お酒やミネラルならあるけど飲む？」

「いえ、お構いなく」といってダイニングテーブルの椅子を引いた。向かい側に福屋が座る。

じゃあ、あたしだけ、といって冷蔵庫から五〇〇ミリリットルのミネラルウォーターのペットボトルを取り出し、ボトルごと飲み出す。

「お寛ぎのところすみません。お店に伺ったらお休みと聞いたので」

ふう、といって指で唇を拭うと、キッチンカウンター越しに蕗と福屋を見て、「いいの。いつかくると思ってたし」という。

於兎はペットボトルを持ってリビングに回ると、空き缶などをざっと床に払い落として、ローテーブルの上に座った。

「小曽根ちゃんが死んじゃったから、なんか寂しくてさ。休みでも飲んでばっか。刑事でもいいから誰かきてくれるとホッとする」

そういって於兎は大きく足を組む。瞬間、福屋がぴくんと反応し、慌てて視線を落とした。蕗は於兎の下半身に目をやる。どうやらロングTシャツの下はなにも身に着けていないようだ。福屋をからかっているのだろうが、耳まで赤くして硬直している姿を見て、思わず舌打ちする。

「福屋、ベランダ側に立っていて」

そういうと、於兎がなーんだとつまらなさそうな顔をする。福屋は、肩を落として、部屋の奥、於兎の後ろ側に直立した。

「まずは平さん、小曾根さんとはどういうご関係だったのか教えていただけますか」

於兎はくっくと笑う。「お店に行ったんでしょう？　じゃあ、なにをしているかもわかってるんじゃないの」

「小曾根さんはあなたにずいぶん分、ご執心だったと伺いましたが」

「店の客以上かってこと？　そうよ。あたし、小曾根ちゃんのコ・イ・ビ・ト。あ、もう違うけど」と、ペットボトルを抱くようにして、寂しいなぁと呟く。

小曾根の部屋には女性が出入りしていた形跡はなかった。周辺の目撃情報でもそれらしい人間は浮かんでこなかった。つまり、於兎を呼び寄せることはせず、常に外のホテルかこの部屋で会っていたことになる。いつでもすぐに訪ねられるように近くに住まわせたということか。

「いつからそういった関係に？」

「うーん。そうねぇ、小曾根ちゃんがお客としてきて三回目のときからだから、半年くらい前かな。外でも会おうって。お金をあげるからって」

「このマンションはまだ新しいようですが、ここも？」

「そうよ。一応、あたしの名義で借りてるけど、家賃も生活費も出してもらってた。だから困るんだぁ。これからどうしようって考えたら、毎日、飲むしかないじゃん。ねぇ」

「はい？」

「小曾根ちゃんの遺書とかなかった？　あたしに財産分けてくれるとか書いてあるの」

「小曾根さんは殺害されたということで現在、捜査中です」

「あ、そうか。殺人事件だったんだよね。あははは」

於兎は、その後も蕗の質問に淀《よど》みなく答えたが、どれも大して中身のない話ばかりだった。あえてそういう風に持っていっているとすれば、これは気合を入れてかかった方がいい相手かも、と蕗は考える。

慎重に小曾根のことを問うてゆく。於兎は小曾根が個人的に金を貸していることを知っていた。どうやらこの部屋で、借主とやり取りしたり、手書きの借用書を書いたりしていたようだ。

窓の側に立つ福屋が、啞然としているのが見えた。小曾根はそれほどこの女を信用していたのか。蕗は唾を飲み込み、話の流れで、というさりげなさで訊く。

「小曾根さんから、貸金のことでなにか聞いていたり、預かっているものなどないですか？」

「預かっているもの？」

於兎は顎の下に指を当てて首を傾げる。そして、おもむろに蕗に目をやると、にたっと笑った。

「預かっているものって、もしかしてぇ手帳のことぉ？」

「えっ」と福屋のバカが声に出す。於兎がさっと振り返って福屋に向けて、投げキッスの仕草をする。その於兎越しに睨みつけ、福屋を俯かせた。

「平さん、手帳というのはなんですか？」

「だから小曾根ちゃんが貸した相手のことを色々書き込んでいた手帳よ。黒い、こんくらいのやつ」と両手の親指と人差し指で四角を作る。かなり小さい。およそ一〇センチ×五センチくらいだろうか。縦長の黒い手帳というから、携帯電話のない時代、サラリーマンらのあいだで流行ったタイプのものかもしれない。

「今、お持ちですか」

きゃはははっと甲高い声で笑った。「あるわけないじゃん。小曾根ちゃん、その手帳だけは肌身離さず持っていて於兎にも触らせてくれなかったもん」

蕗は於兎の黒い目をじっと覗き込んだあと、そうですかと答える。

「それで、その手帳に貸金についてのことが書かれているのは本当ですか？」

「そう思うよ。持たせてはくれなかったけど、見せてはくれたから。ちらっとね。名前とかぁ、金額とかぁ。あと色々やってもらったこととか書いているっていってた」

背中を汗が流れ落ちる。

その手帳を最後に見たのはいつかを尋ねるが、覚えてないという。

「役に立たなくて、ごめんね。あたし、小曾根ちゃんがなにしているかなんて興味なかったし。なにをしてくれるかってことの方が大事だったもん」そういって福屋を振り返り、足を組み替える。

今度はさすがに動揺した素振りは見せなかった。

その後も小曾根の普段の様子や知り合いのことなどを訊いて、最後に尋ねた。

「平さん、十月三日の夜から四日の朝にかけて、どこでなにをしておられましたか」

於兎は、ふらりと立ち上がるとチェストの側まで行ってスマホを手に取った。画面をタップしながら、「これも小曾根ちゃんにもらったんだ。最新型だよ」といい、ふざけた口調で番号は教えてあげないよ、という。小曾根が於兎に連絡することはあまりなかったらしい。合い鍵を持っているから、別宅のようにいつでも好き勝手に出入りしていたのだろう。

しかもスマホは買ったものではなく、小曾根がどこからか手に入れたもののようだ。それなら所有者不明となっている可能性がある。

於兎はスケジュールをチェックし終わったのか、「その日、仕事してたよ」と答える。

「何時までですか」

「夜中の一時ごろ。お店が終わると真っすぐ帰ってお酒飲んで寝た。一人で」

於兎が退店した時間は福屋が聞き込みで確認していた。齟齬《そご》はない。蕗が、小曽根のマンションに忍び込んだのは、四日の午前二時半ごろだから犯行時刻のアリバイはないことになる。

「そうですか。わかりました」

そういって福屋に合図して立ち上がりかける。そのとき、於兎はさりげなく自分のスマホをダイニングテーブルに置いた。見ると通話履歴の画面が出ている。一瞬、蕗の全身が固まった。ぐっと腹に力を入れ、強張った表情を隠すように俯いたまま口早に告げる。

「平さん、失礼しました。またお尋ねすることがあるかもしれませんので、そのときはよろしくお願いします」

近づいてきた福屋の背を押すようにして玄関口に向かう。後ろから於兎の、「どういたしましてぇ。ねえ、大っきい刑事さん、いつでもお店に寄ってねー、サービスしちゃうから」という声に追われてドアを開けた。

エレベータを降りて、外に出て大きく息を吸う。表情がおかしくなっていないか両手で覆いたいのを我慢し、大股で歩き出す。暗がりからいきなり人が現れ、思わず飛び跳ねた。

「そんなに驚かなくてもいいだろう」

「い、いたの」

「俺だって気になる。今は無職だから時間だけはあるからね」

「あ、そう」

豊海のお陰で動揺が誤魔化せたかと期待しつつ、福屋を側に呼び、小声で指示する。

「松元班長に手帳のこと、平於兎のアリバイがないこと、スマホが正規のものでないことを伝えて。彼女の鑑取りはわたし達がすることも」

「了解です」

福屋がスマホを耳に当てながら側を離れるのを確認して、豊海を振り返った。

「彼女についてはこれから調べる。動機があるようには見えなかったわね」

「でも金をやって面倒をみていた女なんだろう？　痴情のもつれで殺すってよくある話だと思うけど。今どきの二十一歳は怖いよ」

ついさっきまでは、二十一は子どもといっていたくせに。黙っていると、豊海は拗ねたような声で、「それで彼女、貸金の客の書類とかは持っていた？」と訊く。

「さあ」

なんだよ、といいながらも表情を和らげる。

「ところで白澤蕗さん、まだ仕事されるんですか？　今は働き方改革なんだから、刑事さんだって夜は休まないと」

「なにがいいたいの」

「つまり食事に行きませんかって誘ってる。あ、いや、お酒でもいいよ。なんでも蕗さんの好きなものに合わせる」

答える前に、福屋が割り込む。

「班長からＯＫもらいました。すぐに平於兎の調べに捜査員を回すということです」

「わかった」

そしてわざとらしく腕時計を見、福屋に、「お腹すいたわね。まずは食べに行こう」と声をかけた。揃って歩き出すが、後ろから豊海がついてくるのを追い払うことはしなかった。

今は頭のなかは平於兎のことでいっぱいだ。とにかく落ち着いて考える必要がある。

ウサギのストラップのついたスマホの画面は十月二日の通話履歴を表示していた。そこには蕗の携帯電話番号が残っていたのだ。

小曾根は恐らくあの部屋から、於兎のスマホを借りて連絡してきた。どうしてそんな真似をしたのか。いや、そんなことはどうでもいい。問題は、於兎が、その番号が蕗のもので、小曾根の顧客だということを知っているということだ。

でも彼女はなにもいわなかった。脅しているつもりなのか。たとえそうであろうとなかろうと、今は捜査本部の疑いが平於兎に向かないようにしなくてはならない。於兎のスマホを調べることになれば、蕗の名前が出てくることになる。また新たな汗が噴き出してくるのを感じた。

14

翌日、豊海の部屋が荒らされたと連絡が入った。

一一〇番をせずに直接、所轄を通じて蕗に電話してきたのだ。鑑識と共に蕗と福屋、所轄の盗犯係、そして捜査本部からも尾上を始めとする数人が臨場した。元検事殺害事件の参考人の一人の自宅が何者かに狙われたのだから、単なる空き巣事件とは考えにくい。

部屋を一瞥《いちべつ》して、つましい暮らしをしていることがわかる。楽な暮らし向きでないから、嫌っている父親ともつき合っていたといった。そんな部屋だから荒らすといっても収納を開けたり、本棚から本を引き抜いたりした程度だ。それでも周到になにかを探し回ったことは見て取れた。

「金じゃないな」

鑑識作業が終わって、尾上が部屋の真ん中で頭を掻きながら周囲を見回す。隣で蕗も頷いた。洗面台の引き出しの奥や冷凍庫のなか、更には本を一冊一冊開いている節があった。CDのケースからはディスクが全てなくなっている。

「探していたのは例の貸金関係かな。顧客リストの載っている手帳とか」

「そう思います」

「ということは、まだ犯人の手に渡っていなかったってことか」

「そういうことになりますね」

蕗は、小曾根のマンションに忍び込んだときを思い返す。部屋のなかを探し回った形跡はなかった。その前に蕗が現れたから、逃げるのが精いっぱいだったのだろう。

犯人は、豊海が顧客リストを持っているのではと考えた。つまりは豊海が小曾根の息子であるということを知っているのだ。小曾根の部屋からリストが発見されなかったことは、自分の身に捜査の手が伸びていないことでわかるかもしれないが、豊海の存在はどうだろう。いつ、どうやって知ったのか。小曾根から聞いたとは思えない。

「白澤らの動きを見張られていたかな」と尾上は首を傾げた。

ここ数日、豊海は常に蕗らと行動を共にしていた。

「かもしれません。気がつきませんでした。すみません」

「いや」尾上はまた頭を掻き、声を潜める。「そうじゃない可能性の方が高い、と俺は思う」

そうでない可能性。つまり捜査本部のなかに小曾根の顧客がいれば、情報は筒抜け。捜査員より先に手帳を奪おうと考えたとしてもおかしくない。

「竹河さんのことで、班長は捜査本部自体の扱いを考えあぐねているらしい」

竹河が一瞬、監視窓へと向けた視線のせいで、班長は疑いを抱いたのだ。捜査員のなかに顧客がいる。ひょっとすると殺害した犯人かもしれない。

「今後は会議形式にせず、担当が直に班長に復命する態勢になるんじゃないか」

「そうですか」と蕗は一応、返事する。

もしそうなったら、捜査状況が把握し辛くなる。歯噛みしたが、班長が判断したなら従うしかない。

そのとき短い叫びが聞こえた。

尾上が素早く動き、蕗もあとを追って奥の寝室へ入る。四畳ほどの部屋にベッドが置かれ、九条豊海が聞いたクローゼットの前で座り込んでいた。

「どうした」

他の捜査員や鑑識係員も部屋を覗く。近づいて見下ろすと、床に小さな白い陶器の破片が散っていた。上の段から落ちたのだろう。破片に交じって白い骨のようなものが見えた。

「それって、遺骨じゃないのか」尾上が訊いても豊海は聞こえないのか、両手で白い骨を懸命にかき集めている。

「母親のものらしいな」尾上が視線を向ける先を追うと、クローゼットの上の段に女性の写真があり、位牌《いはい》と倒れた小さな花瓶、白菊がこぼれていた。

「亡くなったのは十年ほど前だと聞いているが、ずっと納骨せずにここに置いていたのか」

尾上が呟くようにいうと、豊海は集めた骨をタオルの上に置きながら、きっと顔を向けた。

「そんなわけないだろう。量が全然足らないのがわからないのか。納骨はしたけど、一部を置いているんだよ」とまた手元に目を落とす。

ちくしょう、骨壺《こつつぼ》のなかまで荒らしやがって、という豊海の声は湿り気を帯びている。横からそっと窺うと唇を噛んでおり、驚いたことに目に涙を溜めていた。踏みつけられたせいか、骨が細かに砕けている。日焼けした黒い手のなかで白い粉が尊いもののように見えた。少なくとも豊海にとっては、かけがえのないものなのだ。

生まれたときから父親がおらず、母と二人で生きてきた。九条豊海にとって母親は唯一、頼れる肉親だったろうし、心の拠《よ》り所だったろう。その母親を高校生のときに亡くした。それからどんな人生を歩いて、孤独となった身をどう慰めて生きてきたのか。

蕗も両親がいない。父親は小学生のころに、母親は大学生のときに失った。然は社会人だったし、蕗も将来の夢にまい進していたころで、寂しくはあったが位牌や骨壺を肌身離さず置いておきたいというほどの飢えはなかった。それ以前に、肉親の繋がりや愛情というものに懐疑的になっていたから、喪失感は薄かったかもしれない。

愛情への飢え——。豊海が、自分達親子を捨てた小曾根から突然、呼び出されていそいそ出かけて対面しようとしたのも、根底にはそれがあったということか。

豊海は自分の服の袖で位牌を拭い、骨を包んだタオルを丁寧に置いて、写真を真っすぐに直した。美しい人だと思った。若いころにコンパニオンをしていて、小曾根との不倫の恋にのめり込み、捨てられたも同然の形で身を引いた。そして人知れず子どもを産んで、誰にも頼らず一人で育てた。並大抵の苦労ではなかっただろう。豊海は進学を諦めたというのだから、生活はずっと苦しかったのではないか。それでも、豊海が今も母親を身近に感じていたいと思うほどの愛情だけは、十分過ぎるほど注いでくれたのだ。

豊海がぐいと袖で目を拭って立ち上がる。振り返るなり、泣き笑いの顔を見せた。

「犯人、絶対見つけてくれよ。そのためなら俺、なんだってするからさ」

父親を殺され、母親を冒瀆《ぼうとく》された豊海は、心を決めたという風に黒目を強く光らせた。


蕗は福屋と共に平於兎の鑑取りを始める。

戸籍謄本、住民票の取り寄せ、店の関係者への聴取と以前住んでいたアパート周辺での聞き込み、そして中退したという県立大学へと進んだ。

構内に入ると途端に雰囲気が変わった。当然ながら、若い人ばかりで、濃い緑に輝く芝や樹々の揺れ、風の音すらどこかのんびりとしていて、我々が生活する世界と一線を画している気がする。

学生らのさんざめく声が穏やかに流れていた。

昼を過ぎて陽は翳《かげ》りを帯び始めているが、それもここに限っては秋でも冬でもない春のような暖かさがあった。

「ずい分、感じが違いますね」

福屋が学生課から手に入れてきた写真をまたスマホで見る。髪は長く、真っすぐで漆黒。目が一重で鼻が丸いのは同じだが、写真からでもわかる柔らかな雰囲気が平於兎を苦労知らずのお嬢さんに見せた。

戸籍謄本の父親の欄は空白だった。母子家庭かと思ったが、数年前まで二親揃って暮らしていたという話を聞き込んでいた。高校生のときに母親が亡くなり、父親はその二年くらいあとに亡くなったらしい。近隣とのつき合いは良かったらしく、アパートの住民は懐かしそうに語った。

「籍に入っていないということは母親は愛人ということでしょうか」

福屋はいうが、隣に住んだ人の口ぶりは違った。

『ごく普通のご家族でしたよ。ご夫婦共働きで、それぞれ朝仕事に出て夕方帰ってくる。休みのときは家族三人で遊びに出かけたりもして仲良かったし。どこにでもある家庭ですよ』

身近で見ていた人間の印象の方が恐らく正しい。

「父親に結婚できない理由があったということかもしれませんね」

「うーん」

父親は会社員ではなく、土木作業員のような仕事をしていたらしい。正規ではないから仕事はあったり、なかったり。その分、母親が保険会社に勤めて生活費を稼いでいたということだ。両親が亡くなって、於兎は大学をやめた。やめざるを得なかったのか。それからどうして、ヘルスで働くことになったのか、今はまだわからない。

スマホのなかの屈託なく笑顔を向ける於兎の顔を見ながら、ここにもまた親という寄る辺を失って、進むべき道を変えざるを得なかった人間がいると考える。たとえ親がいなくとも、お金がなくとも懸命に努力して夢を叶《かな》える人もいる。強さとか、運の良さとか、色々な要素はあるだろうけど、みながみなそうはなれない。

九条豊海は大学進学を諦め、アルバイトをしながら正規の就職口を探している。

蕗は弁護士の道を諦め、警察官を選んだ。そして然は。兄は、いったいどんな道を失ったのだろう。そしてどこへと進んで行くつもりなのか。新たに歩むべき道が、あの男にあるようには見えない。

於兎の大学時代の友人に話を聞いた。

「いい子だったけど、なんか男関係は派手だったよね」

見た目はさほどでもないのに、という言葉が透けて見えた。別の友人から学生時代の恋人のことを訊き出して本人を見つける。これからゼミなんだけどというのを頼み込む。

元ボーイフレンドは医学部の二十一歳で、将来は精神科医を希望しているという。於兎のことを訊きたいというとなぜか顔を赤らめた。蕗は少し後ろに下がって、福屋に聴取させる。

医者の卵は右へ左へと首を傾げながら、「なんていうのか、その」とぼそぼそいう。

於兎は彼がいうところの、性の欲望が人より強い女性だったらしい。高校時代に快楽を知り、大学に入って更にエスカレートした。

「パラフィリアといわれる性的嗜好《しこう》の異常ではなく、単に精力が強いんです。だから性的倒錯であるとか変態というものでもないし、至って普通の形態なんです。ただ、回数が多いというか、バイタリティがあるというか」

二股をかけたりするような不実なことはしなかったが、相手が抱いてくれなくなったり、望むような抱き方をしてくれなくなったりすると別れて、別の相手を見つける。精神科医を目指す若者は、わりと長く続いた方だと妙な自慢をした。

「僕は、ベッドでは彼女のことを女サムソンって呼んでました」

「サムソン?」

「旧約聖書に出てくる怪力の男のことです。その力の源が長い髪にあることを知った妻のデリラに髪を切られてペリシテ人《じん》に捕まるという話なんですが」

「なんのこと?」

「いや、つまり彼女、長い黒髪がとても綺麗で手触りが良くて、僕は好きだったんです。物語では男の髪が力の源だったけど、於兎にとってもその髪が、えっと、なんていうか、あれをするときのエネルギー源になってるのかなぁって」

改めて学生時代の於兎の写真を思い浮かべる。長く艶のある髪をしていた。今は金色に染めてくるくる巻いているからよくわからないが。呆れたことに、学生はちらりと蕗の頭に目をやった。かっと血が上ると同時に、なぜか羞恥を感じて頬を熱くした。髪がなんだというのだ。自分は決してそんな好きものではないと、叫び出したくなるのを堪える。福屋が笑いを堪えて肩を揺らしているのに気づき、後ろからふくらはぎを蹴りつけた。

「これで平於兎がヘルスに勤めることになった理由がなんとなくわかったわね」

「小曽根とつき合っていたということは、お金以外にもそういう方面の相性が良かったのかもしれませんね」

『小曾根ちゃんがなにしているかなんて興味なかったし。なにをしてくれるかってことの方が大事だったもん』

於兎のあのセリフは、真実だったのだ。世の中にはいろんな人がいる。性差だけでなく、趣味嗜好、性癖などで差別したり特別視したりしないよう、警察でも諄々《じゅんじゅん》と説かれている。

「単なるセックスフレンドなら、小曾根から大事なものを預かるってことはなさそうですね」

「それはわからないわ。小曾根がしていることに興味がないから、かえって大事なものを預ける相手として相応《ふさわ》しいと考えたかもしれない」

なるほど、と福屋は殊勝な顔をして頷く。今は、捜査員が於兎に張りついて動向を監視しているから、いずれその辺のことも判明するかもしれない。

松元の判断で、全員での捜査会議というものは行われなくなった。それぞれが直接、雛壇にいる班長や上司に復命する。それらを集約して、捜査方針を立て、新たな指示を出すという形となったので、お互いなんの捜査をしているのか把握が難しくなった。新たな事実は出てきたのか、どんな被疑者が浮かんだのかもわからず、蕗にとっては胆《きも》の冷える日々を過ごすことになる。もしかして、誰かが密かに蕗を調べているのではないか。そう思うと、歩いていても視野が狭まってきそうな怖さに襲われる。

15

ここのところずっと天気がいい。

聞き込みに回る側にしてみれば都合がいいのだが、いっこうに捜査が進んでないことで逆に皮肉に感じられ、気分は沈みがちとなる。捜査本部を出入りする捜査員とすれ違うたび、互いの顔つきを見てため息を呑み込む。ずっとその繰り返しだ。

途中、近くまできたので、アパートに寄ってみた。鍵がかかっていなかったことで然がいるのがわかり、全身でため息を吐く。

「おう、お帰り。ちょうど昼飯を作っているとこなんだ。食べるんなら、分けてやってもいいぞ」

コンロの前でフライパンを握っている太った男の背中に視線を投げたあと、なくなっているものはないかチェックを始めた。テーブルの周りに落ちているゴミを拾い、汚い服なのか下着なのかわからないものを摘まんで洗面台に放り投げる。

「なんだよー。僕は、毎日ちゃんと洗濯しているぞ。部屋だって週に一度は掃除機かけてるし」

「だからなに？　そんなこと当たり前じゃない。それより」

「できたぞー。食えよ。焼き飯」

そういって皿を二枚ローテーブルに並べた。然は床に座るなりスプーンを動かし始める。

「料理、するんだ」

ごほっ、と一度むせて、袖で唇を拭うと笑いかける。

「焼き飯なんか料理のうちに入んないけどさ。でも食材に困ったときの料理としては鉄板だよな」

テーブルの側まで行って見下ろした。具はカニカマと玉ねぎと卵しか見えないが、匂いだけは香ばしい。そういえば昼食はまだだったなと思い、ソファに座って皿とスプーンを手に取った。

「案外、いけるだろう」

答えないで咀嚼《そしやく》だけする。

「栄養つけろよ。お前、もう少し太った方がいいよ。ハードな仕事なんだからさ」

なんなんだ。急に家族の真似事？　憮然《ぶぜん》とした顔をしてみせると然は慌てて、ごめんごめん余計なこといった、と謝る。蕗は僅かの間、口を閉じ、スプーンでかき寄せながら呟いた。「わたしの焼き飯よりマシな程度」

途端に破顔する。笑うと正にチャウチャウがボールをもらったような顔になる。笑い返しそうになってすぐに俯いた。

「蕗は料理とかしないのか。そんな暇ないか」

たくさん作って冷凍しておいてやろうか、というのにはさすがに、やめてと答える。

「だよな。僕のじゃあな。母さんのは絶品だったけど」

昼によく作ってくれたよな、あれはうまかったと遠い目をするのを見て呆気に取られる。然の口から母の話が出るとは意外だった。大学に行き損ねた然に母は失望し、更に堅い仕事に就くこともなくフリーターになったことで心労が増えた。口喧嘩は絶えず、やがて然は部屋に引き籠り、母は痩せて口数が少なくなっていった。電気も点けないキッチンで、事務作業のように黙々と料理を作る母の後ろ姿を見て、蕗はどれほど家を出たいと思ったか。

やがて手術できないほど癌《がん》が進行していたことがわかり、あっという間に逝《い》ってしまった。兄妹二人だけで葬儀を行い、納骨したあと位牌と写真を前にして仏壇を買おうかどうしようかという話をしていたときに大喧嘩をした。

然が母名義の預貯金を勝手に引き出し、使いきっていたことが判明したのだ。ゲームやフィギュア、借金や賭け事に使ったらしい。それ以来、蕗は毎日、お金のことばかり考えるようになった。かろうじてアルバイトで生計を立てていたが、働こうとしない兄を責めることもあった。そうすると兄は決まって足のことを持ち出し、蕗を逆にいたぶるのだ。

怒りと悲しさと負い目で、蕗は人相が変わるほどになった。家を出ようと考え始めたとき、然の方が先に行方をくらました。連絡が取れなくなって、これで縁が切れたかとホッとしたが、ふいに戻ってきては金をせびり、なければ自宅にある物を持ち出して金に換えるという形に変わっただけだった。そして、それも尽きると蕗に風俗で働けと迫ったのだ。

そんな然だから、母のことなどすっかり忘れていると思っていた。

「なんだよ。僕だって母さんのことは考えるよ。こんな足になって仕事もできずに心配かけたなぁって」

一瞬だけ神妙な顔つきをしたが、すぐにスプーンを運んで大口を開ける。くちゃくちゃ音を立てるのを聞いているうち、どんどん腹立たしさが増してきた。

「そう思っていたのなら、どうして母さんを悲しませることをしたのよ。あそこまで癌が進行していたのなら、相当痛みもあった筈だって先生もいっていた。わたし達には痛みを隠して、それでも兄さんのために焼き飯を作り続けてくれたのよ」

自宅の部屋に籠る兄のために、ゲームをしながらでも食べられる焼き飯やカレーをよく作っていた。蕗はとんカツやエビフライが好きだったが、スプーンひとつで食べられないものはあまり作ってくれなかった気がする。

「うん、うん。でもなぁ」

そういってぱくぱく焼き飯を食べ続ける。母の話をしているときくらい食事を止められないのか。蕗は、ぎりぎり歯嚙みしながら睨みつけた。

「お前は平気みたいだったけど、僕は、母さんが怖かったからさ」口から飯粒をこぼしながらいう。

「は？」

食べ終わってげっぷをひとつ吐くと、然は麦茶のペットボトルを摑んだ。

「なんで怖かったのよ」

飲みながら、逆に不思議そうな顔をする。

「だってお前、とんでもないことやらされたじゃないか。小学生のとき」

大きく目を見開いた。なんの話？　どくどく血流が激しく動き出すのを感じた。一瞬、目の前に三十八段の階段が現れ、地面に横たわる女性の姿が見えた気がした。すぐに首を振って、何度も深呼吸する。

軽く目を瞑り、ゆっくり開けたら然がこちらを見ていた。

「ほら、例の、父さんの愛人のことだよ」

「やめてっ」

然が、びくっと体を震わせる。その拍子にペットボトルが転がった。然は手を伸ばして拾い上げると、それをテーブルの上に置いた。

「悪かったよ。嫌なこと思い出させたな」

蕗はそのままソファからずり落ちて床に座り込む。パンツの膝頭を握って手を震わせた。兄は蕗がしたことを知っていたのだ。どうして。あのとき、然はいなかった筈だ。いや、どうだったろう。忘れたい思いが強く、階段下の映像以外、なにもかもがぼやけてしまっていた。

「あれな、最初、僕が頼まれたんだ」

え？　蕗は膝頭を握ったまま顔を上げた。

「母さんは異常なほどに嫉妬深い人だった。愛人の存在が許せなくて、しかも妊娠までしていると知って、恐ろしいことを、つまり愛人をお腹の子もろとも殺してやろうって考えたんだ。しかもそれを自分の子どもにさせようと計画した」

然は一度体を起こすと、背を丸めて気の毒そうな表情を浮かべた。

「僕が断ったら、母さん、お前を説得、じゃないな、いいくるめたんだ。僕もまさか小学生のお前にさせるとは正直思っていなかった。それを知った父さんは、怒り狂っていたな」

「ちょっと待って。あれって、お父さんが望んだことじゃなかったの？　わたし、てっきりお父さんとお母さんが相談して、わたしにやらせたのかと」

へえ、という顔をする。耳に母の言葉が蘇る。

『お父さんが悪いやつに脅されて困っているんだって』

『お父さん、蕗がやってくれたら嬉しいって、そういってたわよ。悪いやつがいなくなれば、安心してみんな仲良く暮らせるのにって』

『お母さんが手伝うから。一緒に悪いやつをやっつけましょう』

簡単なことだから。走って、両手で背中をドンすればいいの。気をつけてね。一緒に落ちないようにしてね。蕗が死んだらお母さん悲しくて泣いてしまう。

てっきり悪い女につきまとわれ、父は困っていたのだと思っていた。母と兄と蕗を家から追い出すよう迫られているのだと、そう思わされていた。

「そんな風に聞かされていたのか。父さんはいっさい知らなかったと思うよ。その証拠にあのあとだよ、父さんが家を出たのは。覚えていないのか」

母は酷く悲しんだ。ずっと寂しそうにしていたけれど、二人は離婚することはなかった。だから、いつか父は戻ってくると思っていた。

「お父さんは、わたしがしたことだと知っていたのね？」

然は肩をひょいと上下させた。「二人が大喧嘩するのを見たよ。父さんは、母さんのことを人でなしだとか、鬼畜だとか罵っていた。あんなことを娘にやらせるなんて、恐ろしいやつだ。娘も娘だ、こんな怖い家に一秒たりともいられるものかって」

「そんな」

蕗は頬に違和感があって慌てて手の甲で拭う。濡れているのを知って、どうしてだろうと思った。然がテーブル越しにティッシュボックスを投げて寄越した。涙を拭い、洟《はな》をかむ。

父のためだと思っていた。母と二人、協力して戦うのだと思っていた。

「それを聞いて、ああ、あの計画は蕗が実行したんだなってわかった。だけど、僕は黙っていたよ。だってなにかいえば、お前が余計に傷つくと思ったからさ」

ただ怖かっただけなのだろう。蕗は然の目を見つめながら尋ねた。

「お父さんは、わたしのこと、なにかいってた？」

然は気の毒そうな顔をして、すぐに自分の手元に視線を落とした。丸い顔が上下に揺れた。

「碌な人間にならないだろうって」

悪魔のような母娘《おやこ》とは二度と会いたくない。父親は死んだと思え、家も金目のものもみんなくれてやる、だから捜したりするな、もし近づいてきたら人を殺《あや》めようとしたことを警察にいうからな、覚えておけ。父は憎々しげにそういい捨てたといった。

「やめてっ」

両耳をふさいで、目を瞑った。悪いやつなんかじゃなかった。父のためなんかじゃなかった。わたしは、わたしは――。頭のなかがぐるぐる回って眩暈《めまい》がしそうだ。立っているわけでもないのに倒れそうな気がして、思わず顔を手で覆ったまま半身を折る。膝に額をくっつけて泣いた。ああ、ああと呻《うめ》き声を上げた。痙攣したように体が揺れ、背中に手の感触が当たってびくりと反応する。然が撫でさすっているのだ。優しく何度も何度も。

「ごめんな。僕さえ、ちゃんと母さんを止めていたなら、お前があんなことをさせられることはなかった」

たった二人だけの兄妹なのに、どうしてこうなっちゃったんだろうなぁ。

湿った声音と鼻をぐずぐずさせる音が聞こえ、そっと顔から手を外した。涙と汗で顔じゅうをてかてかにさせている然が見えた。

「兄さん」

「蕗」

然は、そのまま床の上で窮屈そうに正座をして謝罪した。今までのこと全てに対し、たった一人の身内である妹を苦しめたことに対し、全身全霊で謝ると告げた。チャウチャウの丸い目から涙がこぼれ続けた。


流しで皿を洗っていると、然が声をかけてきた。

「今日はこっちに泊まるのか。それなら僕はまんが喫茶にでも行くけど」

横顔だけ見せて、「ううん。途中で抜けてきたからすぐ戻るし、事件が終わるまでは署に泊まるつもり」といって、蛇口を止めた。少しの間を置いて、つけ足す。「それまでなら、ここにいてもいいわ」

然が嬉しそうな声を上げる。デリヘルの運転手じゃなく、ちゃんと仕事を探すつもりだと、訊いてもいないことまで喋る。すぐにわかったという風に頷く。ぺらぺら喋り始めると段々と嘘っぽく聞こえてしまう。今日だけは、そんな風に思わせないで欲しい。

お喋りを止めるために、思いついたことを口にする。

「デリヘル嬢ってどういう女性が多いの?」

「うん?　どういう女性って?」

「やっぱり暮らしに困っているとか、借金があって手っ取り早くお金を稼ぎたいからとか、そういう理由で始めるのが多いのかなって」

「うーん、そうだな。お金目当てなのはもちろんだけど、男に貢ぐためってのが多いかな。なかには仕事が楽しいっていうのもいるよ。ボランティアだっていうのもいるし、筋のいいお客と親密になって結婚したのもいる」

「結婚ねぇ。じゃあ、愛人になる人もいるのね」

「ああ、いるさ。金払いのいい客なんかに当たったら大喜びさ。食事に連れて行ってくれたりブランドの服を買ってくれたりするらしい」

「でもデリヘル嬢は、時間が決まっているから勝手に動けないでしょ」

「うん、だから終わったあと会う約束をしておくんだ。運転していても、そういうのに当たった女性はすぐわかる。僕にもチップのおすそ分けをくれたりするしね」

「ふーん。そうして愛人へと移行するのね」

「移行って」とおかしそうに然は笑う。むっとすると、ぱっと真面目な顔に戻す。

「愛人になったら、さっさと仕事は辞めるんでしょうね」

「いやあ、なかには続けるのもいるよ。珍しいタイプだけどね」

「ふーん」

平於兎はその珍しいタイプの一人で、小曽根の恋人を務めながら仕事を続けていた。いくらヘルスの仕事が気に入っていたからといって、全くのお金目当てでないとは考えられない。ましてや両親を失い、大学をやめるまでに困窮したのだ。むしろ人よりお金への執着があっていいのではないか。そんな於兎の身近に、貸金とゆすりで金を得ている初老の男がいる。欲が出てなにかねだったところ、冷たく拒絶され、頭にきたとか。小曽根のマンションに行ったことはないといっていたが、於兎が訪ねてきたなら小曽根は不審がることなく招じ入れただろう。

別班が任意で於兎の指紋を得たといっていたが、あの部屋は蕗が綺麗に拭ってしまっている。隅々まではしていないが、犯行現場は念入りに行った。於兎の指紋を消したかもしれないと思うと、刑事として胃が捩れそうなほど心苦しい。

片づけを終えると蕗は出かける支度をした。バッグを手に玄関に向かいかけると、然が、「いってらっしゃい」と明るい声を投げた。廊下の途中で足を止めて、顔半分だけ振り返る。

「兄さん、さっきのことで気になっていることがあるんだけど」

「あん？　なに、さっきのことって」

「例の、お父さんの愛人のことで」

然が弛んだ表情を僅かに硬くしたのが見えた。

「お父さんが怒って、お母さんとわたしのことを罵ったとき」

「ああ、あれが？」

悪魔のような母娘とは二度と会いたくない。父親は死んだと思え、家も金目のものもみんなくれてやる、だから捜したりするな、もし近づいてきたら人を殺めようとしたことを警察にいうからな、覚えておけ。

「人を殺めようとしたことっていったの？　殺したじゃなくて？」

「え、そりゃそうだよ。だって、死んでないんだから」

蕗はほっと息を吐いた。あの女性は亡くなってはいなかったのだ。かろうじて蕗は殺人を犯していない。

「もしかして死んだと思っていたのか？」

「ううん、記事とかは出てなかったから大丈夫だったのかと、いい方に考えてはいたけど。ただ、階段の下で、あの人は血を流してぴくりともしなかったし」

然は首を振り、「父さんの愛人は死んでない」とはっきり断言する。「父さんがなにも要らないっていって飛び出したんだぜ。真っすぐ愛人のところに行ったんだよ。母さんと最後まで離婚しなかったのも、本籍や住民票を移して居場所を突き止められないようにするためだったと思う」

そうか、と思い至る。父は、近づいてきたら、といったのだ。愛人と生活を始めても、母がまた襲ってくるのではと怯えることになる。だから、蕗が愛人を突き飛ばして殺そうとしたことは不問に付す、ただし、その代わりに二人のことは捜さないよう、そうでなければ、今度こそ告発して母と蕗を断罪すると予防線を張った。

「そうか。蕗は、愛人を殺したと思い込んでいたのか。そんなことなら、もっと早く教えてやれば良かった。ごめんな、辛い思いをさせたままで」

然がまた涙ぐむ。そして、続けて告白した。

「じゃあ、父さんが死んだのも知らないのかな」

なぜかショックはなかった。心のどこかでそうかもしれないとずっと思っていた。会いにきてくれないのは、もう死んでこの世にいないからだと。

「いつ？」

「うん、二年ほど前。焼くのに役所の手続きが色々といるだろう？　それで娘っていう人が僕に連絡を取ってきてさ。届け出とか頼むっていわれてやってあげたんだ。そうしないと火葬とか埋葬の許可が下りないからさ」

「娘？」

蕗は、狭い廊下の壁に思わず手を突いて、その場に座り込みかけたのをかろうじて堪える。

「娘って、いくつ？　その娘ってお父さんの子よね」

「あ、ああ。え、あ、そうか。蕗は、お腹の子どもも死んだと思っていたのか」

いや、大丈夫だったみたいだよ、それなりに危なかったらしいけど、僕もそのとき初めて知ったんだ、という然の声が遠くに聞こえる。胸の奥から薄汚れた黒い染みがじわじわと滲み出て、薄まってゆく気がした。

良かった。わたしは誰も死なせていなかった。殺していなかった。

顔を上げると、大股で廊下を戻り、然に迫った。そして丸太のような首を両手で押さえ込むと、力いっぱい締め上げた。豚の悲鳴のような声が発せられる。

「どうして今までいわなかったのよ。なんで教えてくれなかったのっ。お父さんが死んだことも、娘が生きていることも、どうしてよ。まさかわたしを苦しめようとそれで」

「ま、待て、そんなわけない。そんなつもりは微塵もないって。そ、そのころ、蕗は僕を毛嫌いして。ど、どこに行ったか、わからなくなっていたから」と弛《たる》んだ顎を震わせた。蕗は、手を離した。然が、眩暈がするといって床に座り込むのを見下ろす。

そうだった。然につきまとわれないよう密かに寮を出ていたのだ。

「その娘って、どんな人」

「え？」と然は首をさすったまま目だけ向ける。「知らないよ。だって書類がいるからって連絡もらって、用意したらお金をくれるっていうし。郵送でいいからっていわれて送ったんだ。だから会ってない。声しか知らない。名前も――聞いてない気がする」

屈み込んで然の目に合わせる。怯えたように仰け反るのを目で追いながら、「聞いてない筈ないでしょう。書類を送ったんでしょ。そのときの住所とか宛名があるじゃない」といった。

「覚えてないって。もう二年も前のことだよ」

「いいから、なんでもいいから思い出して」

「うーん、そうだなぁ。カタカナかな」

「カタカナ?」

「なんか難しい名前でさ。何回聞いても漢字がわかんないから、カタカナでいいって逆ギレされた。それくらい」

「そう」あからさまにがっかりした表情をしたせいか、然は挽回《ばんかい》とばかりにつけ足した。

「同じ県内だということは間違いない」

自分と血の繋がった人間がこの世のどこかにいる。それだけだと、蕗は諦めて部屋を出た。

季節は十一月らしい空気を孕《はら》んでいた。陽射しは穏やかで、時折、吹き寄せる風は冷たいが、それでも真冬のような冷徹さはない。どこか優しい暖かさをとどめている。

紅葉にはまだ早い。蕗がランニングのコースにしている歩道の街路樹は、ようやくちらほら色を変え始めたばかり。

遠く近くに人の声が聞こえる。車の音のあいまに学生の甲高い笑い声がした。それらが全て、祝福の音のように聞こえた。蕗が突き落とした女性のお腹にいた子どもは無事に生まれて、成人していたのだ。これでもう自身に枷《かせ》をかけなくてもいいのだ。なにがなんでも正義の人であろうと思いつめ、追い込むこともない。もう、わたしは自由——。

そうじゃない。

雲がかかって陽が翳る。薄闇が蕗の周囲を覆った。さっきまで優しい暖かさを帯びた風が、まるで極北から吹き寄せたような冷たさで襲いかかる。

『碌な人間にならないだろう』

お父さん、ごめんなさい。あんなことしてごめんなさい。そうひざまずいて許しを乞いたい。そんな強い思いが激しい衝動になって胸を圧迫した。けれど土下座する相手はもういない。恐ろしい娘だと蕗を嫌悪しながら、この世から消えてしまった。

先ほどまでとは違う熱さを持った涙がほとばしる。わたしはどうしたらいいのだろう。弁解も弁明もできない。父も母も死んだ。

親子が手を繋ぎながら通り過ぎる。幼稚園児くらいの女の子が蕗を指差し、泣いてる、可哀《かわい》そうと無邪気にいった。母親が慌てて腕を引き、足早に去る。

女の子の声の温かさに救われた。

「ううん。わたしは可哀そうじゃないよ。お父さんが碌な人間にならないと思ったのだったら、それを完璧に裏切ってみせるわ。わたしはなにがなんでもちゃんとした人間になる。なってみせる」

蕗はバッグからありったけのティッシュを取り出し、顔を拭い、盛大に洟をかんだ。人目もはばからず路上で化粧を直す。最後に髪に丁寧に櫛を通した。今は肩までの長さしかないが、もう少しで後ろで結べるほどになる。そうなったらまた長く伸ばそう。

母は赤茶けた色で腰の弱い髪だった。父は黒々と艶のある髪をしていた。

スマホが鳴った。パンツのポケットから取り出し応答する。福屋だ。

「わかった。今すぐ向かう」

蕗は、バッグをはすかいにかけ直すと、全力で走り出した。

16

「平於兎がお店を辞めた？」

「そうらしいです。しかもついさっき別班が張っていたのを高崎駅辺りでまかれたとか」

舌打ちしそうになる。捜査会議という形で情報を共有することができなくなったから、どこで誰がどんな仕事をしているのか把握できない。福屋は所轄の先輩刑事から聞いたという。

蕗はすぐにスマホを取り出し、尾上に連絡を入れる。今は確か、竹河の周辺を洗っている筈だ。

「今は俺が彼女の担当なんだ」

「え、そうなんですか」

「岡枝さんがさ、平於兎の性癖を聞いて、それなら尾上がぴったりだとか余計なことというから」

俺の場合は妻に限ってです、と必死で抗弁している姿が目に浮かんだ。いや、そんなことはともかく。

「尾上さんがまかれたんですか」

聞き込みの腕だけでなく、尾行にも定評がある刑事だ。

「うん、いやあ。所轄のペアがついていたんだけど、平於兎の新しい情報を聞いて俺達が入ることになった。ちょうど交替に出向いたところで」

途中から声が小さくなった。側に所轄刑事がいるのだろう。

「ビーズっての？　高崎駅の近くにそういうのを専門に売っている小さいショップがあって、そこに入ったところでさ。刑事二人は表で張っていたらしいんだが」

「裏口から抜けられた？」

「そういうこと。どうも馴染みの店だったらしくて、ちょっと裏から出して、はいどうぞ、ってな具合だ」

絵に描いたような初歩的ミスだ。尾上は盛大に舌打ちしたことだろう。なかに入らないまでも、店先から奥を窺っていたならすぐに気づけた筈だ。尾上なら、一人を裏に回すくらいの周到さを見せただろう。それから二時間近く、足取りが摑めなかったという。

とはいえ愚痴をいっていても始まらない。蕗は口調を変えて、「それで平於兎に関する新しい情報ってなんですか」と訊いた。

「中学、高校で成績はずっと学年トップ、大学でも中退するまで、男性関係はともかく、学業優秀で教授連の覚えも良かったらしい。どうして東大を目指さなかったのか、高校の担任は今も不思議がっている」

蕗は納得する。聞き込みに行った際の於兎の態度は、どこか計算されている感じがあった。

「最初から刑事がつくことを見越していたんですね」

「そんな感じだな。つまり彼女はさ」

「はい？」

所轄の、といいかけてゴホンと咳払《せきばら》いし、声を潜めた。「下っ端刑事程度じゃ、相手にならないってことだよ。小曾根もそういうところが気に入っていたのかもしれない」

「尾上さんがそう思われるんなら、きっとそうでしょう」

所轄の刑事といっても、ここ前橋中央署は警察本部を含め官公庁を管轄する署で、県内でも有数の大きさを誇る署だ。そこの刑事だから選《よ》りすぐったつわものばかりが集まっているだろう。そうとわかっていて尾上が珍しく否定的ないい方をするのには、於兎をただのヘルス嬢と侮《あなど》って、捜査員が尾行に手を抜いたことが気に入らないのだ。尾上の抱えるSには風俗関係で働く女性もいるらしい。これまで、尾上からそういった職業の女性をバカにしたり、蔑《さげす》んだりするようなセリフを冗談でも聞いたことがなかった。

「で、三十分ほど前、ウサギちゃんはアパートに戻ってきた。ひとまずやれやれってとこだけどな」

蕗も胸を撫で下ろすが、大きな疑惑が生まれる。

「刑事の目から隠れるようにしてどこへ行き、なにをしていたんでしょう」

「わからないいな。班長もその辺が気になるといっている」

「もしかして」

「ああ。もしかするともしかして小曾根の秘密の手帳」

蕗は唇を噛んだ。ただのセックスフレンドと侮っていたのは自分も同じだ。もっと突っ込んで聴取をすべきだった。あの段階でなら、部屋の捜索もできたかもしれない。そう言うと、

「いや、それは無理だろう。あの女だって、小曾根の握っている情報がどれほど値打ちがあるか承

知している。簡単に見つけられるような真似はしない」

「そう、ですね」

個人情報だけでなく、小曾根が顧客に色々させた悪行まで書き込まれている筈だ。警察官なら、そこに名前があるだけで退職に追い込まれるだろうし、更に、小曾根の手先になってあれこれやったり、情報を漏らしたりしていたなら刑事処罰の対象になる。蕗は喉をごくりと鳴らした。

「俺らの身近にいる人間の名前がずらっと並んでいたりしてな」

「そんな」

「ははっ。今となっては冗談にもならないか。みんな疑心暗鬼さ。班長を含めた上層部だけが、捜査員の情報を集約して獲物をあぶり出そうとしている。俺らが気づいたときは、あいつもこいつもか、ってなことになってなきゃいいけどな」

「まさか。少なくともうちの班にはそんな人間はいませんよ」

口調に怯えがないよう、きっぱりといいきる。

「だといいけどな。なんか佐久間さんが」

「え？　佐久間さんがどうかしたんですか」

「いや、いい。じゃ、切るぞ」

「はい。ありがとうございました」

画面が消えるまでスマホを見続けた。尾上はなにを知っているのだろう。身近な人間の名前？

自分以外にもあるということか。

竹河を取り調べていたときの佐久間の姿を思い出す。いつもの佐久間のように見えた。いや、竹河が落ちると思ったところが一転して踏みとどまり、知らないと抗弁したとき、佐久間の表情はそれまでのものと変わった。めったに感情を面に出さない人だ。最初は悔しさから唇を噛んでいたのだと思ったが、あんな仕草は珍しい。

「どうかした？」

　はっと顔を上げると、髪を後ろでひとつにくくった男が立っていた。福屋は捜査本部に連絡を入れているのか、少し離れたところでスマホを耳に当てている。

「九条さん、またきたんですか」

「またって、酷いいい方だな。俺は容疑者でもあるだろうけど、今や被害者でもあるんだよ。部屋を荒らされ、大事なものを壊されたんだ。警察はいったいいつになったら犯人を見つけてくれるんだろうな」

「鋭意、捜査中です」

「出た、刑事ドラマの決まり文句」そういうわりには少しも不快そうでなく、豪快に、ははははっと笑い飛ばした。その笑顔に蕗はどこか慰められる気がした。豊海が、そんな蕗の表情を見て笑みを消し、真剣な眼差《まなざ》しを向ける。

「白澤蕗さん」

「はい？」

「この事件が終わったら、一緒に食事、お願いできませんか。冗談でなく」

　髪を撫でられたときの感覚が蘇える。瞬きせずに見つめる目から蕗は思わず逃げた。豊海は頭を掻いて、「返事は事件のあとでいいよ」と笑った。胸の鼓動を静めるために深い呼吸を繰り返し、肩の力を抜くといつものように咎《とが》める目を作る。

「そんなことより、就活はどうしたんです」

「午前中に一件、面接受けたよ。感触が良かったから気分がいいんだ。だからこのあとは捜査に協力しようかと思って」

なにもいわず、戻ってきた福屋と並んで歩き始める。豊海が後ろから話しかけてきた。

「それで、小曽根の愛人はどうなんだよ。アリバイってのの？　あれはあったのか」

「教えられません」

「酷いなあ。彼女を見つけたのは俺なのに。これだけ協力しているのに、まだ疑っているわけ？」

無言という返事をする。豊海がわざとらしくため息を吐くのが聞こえた。

「俺の部屋を家探《やさが》ししたのって、その愛人ってことは考えられないかな」

ちらりと振り返り、「どうしてそう思うの」と訊いてみる。

「愛人なら小曽根から色々聞いていただろう。俺のことも、もしかすると貸金関係のことも。どうせお宅らが聴取するとき、貸金のリストなんか預かっていませんかとか、不用意に訊いたんじゃないの。それで彼女はまだ見つかっていないんだと気づき、それならと探し始めた。そういうことでしょう」

返事する前に横から福屋が声を荒らげる。

「不用意ないい方なんかするわけない。お前のような素人じゃないんだ」

「福屋、いいから相手にしないで」

余程、福屋の言動の方が不用意だと吊るし上げたい気持ちにかられる。とにかく於兎が雲隠れしていたあいだになにをしたのかが気になる。けれど、こちらは豊海を側に置いている以上、於兎に関わる話はできない。

「他に小曽根さんに関することで思い出したことなどない？」

口調を柔らかくする。豊海は、うん、そうだな、といいながら福屋と反対側の蕗の隣に並んで歩き始める。

「アナログ人間らしく、古いものを使っていたな」

蕗は無表情を装い、隣で身じろぐ福屋を肘で突《つ》く。

「古いものって？」

「ペンにしてもノートにしても、昔使っていたので間に合うとかいって新しいのを買おうとしなかった。物持ちがいいっていうのか、単にケチなのか。懐かしいＢＩＣの黄色いボールペンを見たときは呆れたな」

「黒いキャップのやつ？」

「そうそう。今どきは三色ものとか使うだろう。フリクションはさすがに借用書とかには使えないだろうけど」

「フリクションはなかったですね」

福屋が口を出すのを睨んで黙らせる。自分から情報を喋ってどうする。

「他に気になるものとかなかった？」

「他にって。お宅らも部屋は調べたんだろ？」

「あなたが見たときからなくなったものや増えたものがある筈よ。それが案外なヒントになるかもしれない」

「うーん。そうだなぁ。前からいっているようにＩＴものや便利そうなグッズ類はなかったな。妙だなと思ったのは、写真と可愛いストラップくらいかな」

「ストラップ？」

「ビーズのトラがあったでしょ。娘の写真とかと一緒に」

答えることも頷くこともしなかった。

「別れた奥さんの写真は一枚もなかった。娘二人のと」

「と？」

「いや、えっと、だからそのストラップだよ。小曽根は寅年じゃないし、虎が好きだとは聞いたことない。タイガースファンだった？」

「さあ」

「それも内緒ですか。ま、いいや。あとはやたらとフィリピンへ行ったらしいパスポート。見ただろう？」

黙っている。

「調べたくせに。当然だよな。向こうにコーヒー園があって、コーヒー豆以外にも色々ついているってことわかったんじゃない？　あのエロオヤジ、俺にも一緒に行かないかって誘ったんだぜ。全く、吐き気がする」

「エロオヤジ」

「ああ、そうだろう。なんだって俺がそんな」

「あなたがオヤジっていうの初めて聞いたわ」

え？　という不意を突かれたような表情を浮かべた。こういう顔もするのかと思った。

「単なるいい回しだよ。父親っていう意味は微塵もないから」

子どものような不貞腐れた顔を見て、蕗は口角を弛める。捜査の邪魔であることは違いないが、慣れてきたからか、それとも豊海が蕗に対し好意のようなものを見せたからか、疎ましいという思いが薄まっている。

福屋が目で知らせてきた。見ると、ビルの陰に豊海を担当している捜査員の顔があった。あとはこちらが引き継ぐという意味で頷く。

豊海と一緒に、小曾根が検事時代に使っていた料亭に向かう。最初に、豊海の母のことを教えてくれた仲居がいる店だ。そういうと豊海は、ああ、というだけ。会わせてみたら面白いと考えたし、九条明海の息子に間違いないことも確認できる。

仲居は、豊海の姿を見て大仰に口に手を当てるとたちまち涙ぐんだ。

「明海ちゃんにそっくり。まあ、立派になって。いったいどこでなにをしていたの。お母さんが亡くなってからどこへ行ったのかと心配していたのよ」

豊海はそれまでの面倒臭そうな表情を消し、自ら仲居の両手を握って、心配かけてごめんねと殊勝な顔をした。蕗らは二人の様子を離れて見つめる。

「どうしていたの。今、なにをしているの。お仕事は？　ちゃんと食べているの？」

豊海は苦笑いしながらも簡単に、最近の暮らしぶりを教える。

「そうなの、お仕事辞めちゃったの。清掃の仕事ってきつかったんじゃないの。高いところに登って窓を拭くやつでしょ。豊海ちゃんは平気なのね、お母さんは高いところも狭いところも駄目だったけど」

「いや、ビルとかはあんまり。個人宅の掃除とかが主流だったから」

「そう。でも今、お仕事探しているんだったら、おばさん、ここの店に頼んでみようか。雑用仕事ならいっぱいあるし」

「いや、大丈夫。今、就活していていい会社に入れそうなんだ」

二人の会話からなにかが出てこないかと耳を澄ましていたが、それより先にスマホの着信音が飛び込んできた。班長からだった。

「はい、白澤」

「今から動けるか」

ちらりと仲居と豊海を見、「大丈夫です」と答える。

「平於兎の部屋に行ってくれ」

「え。どうしたんですか」

「今さっき、防犯カメラで刑事をまいたあとの平於兎の足取りが少しだが追えた。その件で尾上に聴取させてみたんだが」

珍しく班長がいい淀む。

「このあいだ訪ねてきた女の刑事になら話してもいいといっている。任同は拒否された」

少しの間を置いて、「了解です。すぐ向かいます」と答えてスマホをポケットにしまう。福屋に耳打ちし、仲居に声をかけた。

「九条さん、さっきから喉が渇いたといっておられたので、良ければお水でも」

「まあ、そうなの。早くいってよ」

豊海が怪訝そうにこちらを窺うのを無視して、素早く背を向け、駆け出す。

「あ、待って」

仲居が豊海の手をしっかり握ってくれているのを確かめ、スピードを上げた。福屋もちゃんとついてくる。

道路に出てタクシーを拾った。振り返って豊海の姿がないのを確認して、シートに背をつける。

そして於兎の意図するものを考えた。

なぜ蕗を指名したのか。蕗が小曾根の顧客だからか。於兎はそのことを福屋にも別の刑事にも喋っていない。蕗に通話記録の画面をこっそり見せたのは、誰にも喋らないという意思表示だろう。

それならなぜ、今になって蕗を呼び出す。

刑事の取り調べを受けるという形で、逆に蕗に脅しをかけてくるつもりか。

タクシーが見覚えのある道に入るのを見ながら、冷静になれと呪文のように胸の内で唱えた。

五階のエレベータ前で尾上らと合流し、防犯カメラの内容を聞いて福屋と共に五〇五号室に向かう。ドアのインターホンを押すと待ち構えていたかのようにすぐに開いた。

「本当にきたんだ。ふふっ。ま、とにかく入ってよ」

平於兎は、カットソーに細身のパンツ姿をしていた。化粧もほとんどしておらず、アクセサリー類も身に着けていない。福屋がほっとしたのか、がっかりしたのかわからないため息を吐く。それを見つけた於兎が声を上げて笑った。

「悪いけど今日は男禁止よ。帰ってくれる？」

「は？」

蕗はドアを押さえたまま、「どういうことですか、平さん」と強い口調で問う。於兎は蕗を軽く睨んで、すぐにまただらしない笑顔を作った。

「女同士で話をしたいっていってんの」

「申し訳ありませんが、そういうことはできません」

人目のない場所で、どんな話をする気か。他の刑事はともかく、松元は捜査本部内に小曾根と近しい人間がいるのではと疑っている。於兎が小曾根の手帳を持っていると仮定し、そんな於兎と蕗が二人きりで話をしたら、どういい繕ったところで疑いは濃くなる。そんなリスクは負えない。けれど於兎の申し出をきっぱり断れない弱味が、こちらにもある。

「他の刑事から距離を取るという形でどうですか。公園のベンチとかなら、聞かれる心配もない」

折衷案を提示する。それが駄目なら部屋に入るしかない。於兎は少し考えたのち、小さく頷いた。

金色の髪を無造作にかき上げ、ゴムでひとつにまとめる。薄手のジャケットを羽織り、クロックスのサンダルを裸足《はだし》のまま履いて、オレンジ色のスマホポシェットをはすかいにかけた。ウサギのビーズストラップが揺れている。

公園というよりは広場だ。於兎のマンション近くにあるショッピングモールの出入口前にはだだっぴろい空間が広がっている。中心に花壇があり、ベンチがそれに向き合うように据えられていた。人通りはあるが、今は誰も座っておらず、於兎はそのひとつに腰かけ、足を組んだ。蕗はその斜め前に立って見下ろす。

「座ったら?」

そういって於兎はジャケットのポケットから加熱式タバコを取り出し、口にくわえる。気持ちよさそうに息をひとつ吐き終わるのを待って尋ねた。

「刑事をまいて、どこに行っていたんですか」

ちらりと視線を流し、すぐにまた花壇に目をやる。

「そんなことより、どうする気?」

「なにが?」

「お宅が小曽根ちゃんの客だってこと、みんな知っているの?」

やはり、その話か。

「脅す気?」

どこまで知っているのだろう。横領のことまで知られていたなら万事休すだ。見下ろす於兎の頭を見ると、金色の髪の根元が黒く色落ちしている。俗にいうプリン頭。念入りに化粧をして、別人と思えるような修整写真を店に飾る。そういう仕事をしていた於兎が、化粧も髪の手入れも手抜きして、わざとらしく突っぱった言葉遣いをすることに、年齢相応の幼さを見た気がした。

「いいわよ、バラしたかったらバラせば? あなたのためにわたしがなにかするなんて間違っても思わないことね」自然と口からこぼれ出た。

於兎は取ってつけたような冷たい視線を放つが、あまり迫力がない。ふんと鼻を鳴らして、「開き直るんだ」と口元だけで笑ってみせた。

そうよ、開き直るわよ。もうこれ以上、脅されるのはまっぴらだ。だいたい小曽根に強要されても屈しなかったのに、それを今さら、こんな小娘にいいようにされるわけにはいかない。これまでは、全てを知られて班長や仲間から蔑みの目で見られることに、そして警察を馘になることに怯え、更には刑事訴追を受けることを想像して恐れ慄《おのの》いていた。それがなぜか於兎の顔を見た途端に嘘のようにかき消えた。

あんたなんかにいいようにされてたまるか。

根拠のない妙な強気が体を熱くする。自分でもどうしてこんな気持ちになったのかわからない。睨み合っていると、於兎が先に力を抜いた。

「あー、もしかして、あんたが小曾根ちゃんをやったの？　そうでしょう。脅されて殺したなんて話、よくあるじゃん。警察官が人殺しするのも今どき珍しくないみたいだし」

おや？　と思う。蕗を殺人犯と疑うということは、於兎は小曾根の事件に関わっていないのか。いや、東大に行ってもおかしくない頭脳の持ち主だ。そういうことで己の疑いを逸らそうと考えているのかもしれない。

「それをいうなら、あなたにも同じことがいえるわ」

「どういう意味？」

「小曾根を殺して顧客の秘密情報を書き込んだ手帳を奪い、成り代わって返済を求め、更にはゆすりをして金を得ようとした」

「はあ？　バカじゃないの。小曾根ちゃんがなにをしているかなんて興味ないっていったでしょ。聞いてなかった？」

攻めのアプローチを変える。「仕事を辞めたって聞いたわ」

「なによ、いきなり」

「これからどうするの。家賃も生活費も小曾根からもらっていたのでしょう。預貯金だけでこの先やっていけるの？」

「おっしゃる通り、やってけないわよ。だから、あたしには小曾根ちゃんを殺す動機がないってことじゃん」

「満足していたわけじゃないでしょう？」

十分過ぎるほどの手当があったとは思えない。小曾根や於兎の部屋の質素さを見れば、贅沢《ぜいたく》は許さなかったのではないか。二十一歳の若い娘には、窮屈に感じられただろう。

「警察になにがわかるっての。小曾根ちゃんはちゃんとお金をくれてた。あたしにはなんの不満もなかった」

「だったら、小曾根がいなくなった今、どうして仕事を辞めたの？　別に金を稼ぐ方法を見つけたから。少なくとも警察はそう考える」

於兎はタバコを忙しなく吸って、落ち着きを取り戻そうとする。花壇に向いていた目をゆっくりとこちらに返した。

「きっとそういうと思った。警察はいつもと違うことをしただけで、犯罪に繫がるものと邪推する。ま、それが商売だものね。だから、そういうの困るの。アリバイもないしさ、あたしに疑いがかからないようにして。あんたのこと、警察にバラされたくないでしょ」

「わたしのことをバラす？　顧客だったたってことを？」

じっと睨み合う。この小娘は小曾根の手帳を持っているのか。それともはったりをかけているのか。蕗がしたことなどなにも知らず、ただ小曾根の客だったことだけで脅そうとしているのか？　どっち？

於兎はそれ以上いわず、ただ片方の口端を上げている。そんな顔を蕗はじっと見つめた。

「もしかして、他の人間にも同じことをしているんじゃないでしょうね」

そういうと、化粧をしていない一重の目を大きく見開き、瞬かせた。

「わたし以外の顧客のことよ。その連中にお金をたかったりしてないでしょうね。いっておくわ。もし、そんな真似をしたら小曾根の二の舞にならないとも限らない。刑事が張りついているからと安心しない方がいい」

「ふん。他のなんか相手にし」といいかけて、はっと口を閉じた。目尻を吊り上げ睨んでくる。

「なに引っかけようとしてんのよ。あたしが小曾根ちゃんから手帳を預かっていると思っているわけ？　そんなに気になる？」

「ええ。気になるわ」

「持ってないわよ、手帳なんか」

わざとらしく何度も手帳と口にする。一人前に刑事を揺さぶっているつもりか。蕗は唇を舐めた。

岡枝や佐久間、尾上の尋問の手腕を見てそれなりに学んできた。捜査一課刑事としてここにいることの興奮を感じる。

「だったら刑事をまいてどこに出かけていたの。あなたはマンションを出たあと、両毛線《りょうもう》に乗って高崎駅で降りた。防犯カメラでは、あなたは駅の近くにあるビーズのお店を出たあと、再び高崎駅から上信《じょうしん》電鉄に乗り、南へ向かった」

改札口のカメラに姿があり、今はそこからどこへ行ったのか丹念に追っている。カメラが不十分な駅や無人駅があったりするので、行先を特定するのに相当時間がかかるだろう。だから、松元は直接当たって絞り込もうとした。

於兎の平然とした顔を見ながら続ける。

「沿線には色々あるわね。神社、図書館、植物園、大学、ショッピングセンター」

烏川《からすがわ》を渡ると住宅街は減って自然の広がる一帯に入る。

「観音山《かんのんやま》には広い公園もあって、ファミリーもくるし、ハイキングを楽しむ人も訪れる。高崎駅からバスになるけど。他に佐野《さの》のわたし駅、根小屋《ねごや》駅」

於兎が一瞬だけ遠い目をした。見つめていると顔を伏せ、タバコスティックを抜いて加熱式タバコをポケットにしまった。蕗は聴取を続ける。

「とにかく刑事に知られたくないことをしていたのよね。それって小曽根から預かったものを取りに行っていた？　それともどこか安全な場所に隠しに行っていたの？」

松元や尾上の筋読みでは、手帳を隠しに行った可能性が濃厚ということだった。於兎は黙り込み顎に手を当てたままよそ見をする。

「これからなにをする気？　どうやって暮らすつもりなの」

平於兎に小曽根以外に親しくしている男は、今のところ見つかっていない。学生時代から、男を中身でなくセックスの良し悪《あ》しで決めていた於兎らしいが、二股をかけるようなことだけはしていなかったようだ。小曽根に面倒を見てもらっていたときも、律儀に自分のルールを守っていたとみえる。

「さっきもいったように小曽根の真似をして妙なことをすれば」

「うるさいわね。なに偉そうに意見してるのよ」

「小曽根は六十五歳で亡くなった。頭を殴られて血だらけになって、即死じゃなかったから激しい痛みと恐怖のなかでもがき苦しみながら逝った。あなたはまだ二十一でしょう。その若さで、なにもしないまま死にたくないでしょう？」

脅しまがいに適当なことをいってみたが、於兎は平然とした顔をしている。だが、両足が苛立つように細かに揺れた。またタバコを取り出すかと思ったが、ポシェットからスマホを出して思わせぶりに画面を撫で回し始める。

「あたしはバカじゃないのよ」

「わかっている。でも、人間は欲がからむと理性を失う」

「ゆすりがそんなに楽な儲《もう》け口だとは思ってない」

「そう。じゃあ、別の仕事を見つけるのね？」

「ちがーう。あんたに払ってもらう。家賃も生活費も」

「はあ？」

脅しには屈しないといったのをもう忘れたのか。だが、於兎は瞬きもせずに目を合わせてくる。やがてぽってりした唇をにやりと歪ませた。その顔を見て血の気が引いた。やはり於兎は小曽根の手帳を持っていて、蕗がした横領のことを知っているのではないか。一瞬の怯えを気取られたのか、言葉を足してきた。

「脅しのネタは小曽根ちゃんの客だという以外にもあるのよ」

今度こそ蕗は追いつめられたと思った。小曾根に横領のことを知られた以上のショックが蕗の体を駆け抜ける。こんな二十歳そこそこの小娘に、警察官として、いや人としてしてはならない犯罪をなした事実を知られ、それをネタに脅されている。怯えよりも、激しい怒りと羞恥が駆け巡った。この場で於兎の細くて白い首を捩じり上げてやりたい衝動にかられる。ウサギを絞め殺し、皮を剥いで、丸焼きにしたい。

意思とは関係なく足が動いた。そのとき、頓狂な声が後ろから飛んできた。

「あー、やっと見つけた。こんなところにいたのか。捜したよ」

はっとして振り返ると、九条豊海が額の汗を拭いながら苦笑いしていた。

「どうしてここが」

「だって俺を出し抜いて行くところって、小曾根の愛人のとこくらいだろう？　マンションにいなかったから、念のため近くを捜してみたんだ」と豊海は自慢げにいう。

蕗は、豊海を見る風にして後ろのショッピングモールのなかからこちらを窺っている捜査員を見た。みな苦虫を嚙み潰したような顔をしている。大きな柱の側では、パウチ入りのドリンクを持ちながら若い女性に声をかけるチャラ男を装っていた尾上が、諦めたように座り込んだのが見えた。

仕方がない、一旦、切り上げよう。

「あんた、誰？」

声に振り向くと、於兎が怪しげなものを見る目つきをしていた。豊海も表情を変えて、笑みを硬くする。

「俺は小曾根彬の昔の愛人の息子。今の愛人さんとは初めましてだね。父親がお世話になりましたっていうべきかな」

「愛人じゃなくて恋人よ。ふーん、あんたか、不肖の息子ってのは」

「ははっ。難しい言葉を知っているんだね。小曾根から教わった？」

「悪いけど、大学に行かず、仕事も長続きしないでキャンプばっかりして、自分探しを続けるしか能のない二十七にもなる息子を不肖の息子っていうくらいは知っているわ」

「大学には行かなかったんじゃなくて、行けなかったんだ。母が小曾根に捨てられて苦労したからね」

豊海が珍しく顔を赤くして、怒気を露《あら》わにした。

小曾根を挟んで敵対している？　二人に話を続けさせてみれば、なにか思いがけないものが出てくるかもしれない。咄嗟にそう感じた。豊海を利用することに微かに胸の奥が痛んだが、刑事としてこの場に立っているのだといい聞かせる。捜査員が駆け寄ろうとしたのを素早く目で抑えた。尾上が動いて、所轄の刑事を引っ込ませる。

「なんでこんなやつが警察と一緒にいるの」

今度は、蕗に矢を投げてくる。こちらを見ているのに、於兎の意識は豊海に集中しているのがわかる。豊海は豊海で、苦笑いしながらも目の色がいつもと違う。一般的にいえば、確かに友好的な関係性ではないだろう。けれど、於兎の反応は予想以上のような気がする。

「いけなかった？　捜査に協力してもらっているのよ」

揺らぐ水面《みなも》に更に石礫《いしつぶて》を放ってみる。

「はあ？　捜査に協力？　ほんとっ、バッカじゃないの、日本の警察は。こいつは立派な容疑者でしょう」

「容疑者とは失礼だな。そっくりそのまま、同じ言葉をお返しするよ」

豊海の言葉に於兎が一重の目を更に細くする。

「返されても困るんだけど。少なくとも、あ、た、し、は小曾根ちゃんに信頼されていたよ。他人の方が血の繋がった人間よりよっぽど確かだな、ともいってくれてたし」

「血の繋がった人間っていうのは俺のことかな」

於兎はしれっと視線を逸らす。豊海は肩をすくめ、「向こうがどう思っていたかは知らないけど、少なくとも俺は小曾根を血の繋がった人間とは思っていなかったけどね」と笑う。於兎が笑い返す。

「あら、そうお。小曾根ちゃんにたかるときだけは、お母さんがどんな死に方をしたとか、どれだけ苦労したかなんて涙交じりに話をしては、息子面して一円でも多くもぎ取ろうとせこい真似していたって聞いたけど」

「おいなんだ、それ。小曾根がそういっていたのか」

「他に誰がいうのよ。あんたの考えることなんか小曾根ちゃんにはお見通しよ。端からあんたのことなんか信用しちゃない。息子ってことさえ本当かどうか疑ってたわ」

豊海の顔色が変わった。

「よくそれだけ適当なことをべらべらいえるな。さすがは男のあそこを舐めることしか能のないやつだけはある。自分にとって快楽かどうかが判断の全てだろう。喜ばせてくれるなら、小曾根を殺したやつだって庇うくせに」

さすがに止めに入ろうかと口を開きかけるが、豊海の怒りは止まらないようだ。自分が利用していたつもりが、小曾根に適当にあしらわれていた。そのことがそれほど頭にくるのだろうか。

「そうか、わかった。お前には小曾根以外にそんな相手がいるんだ。それでそいつを唆《そそのか》して小曾根を殺させた。どうだ、図星だろう」

「バカいってる。どこにそんな男がいるってのよ。いってみろ。自分こそよっぽど警察に疑われているくせに」

こいつにアリバイなんかないんじゃないの、と於兎が蕗の顔を見て尋ねる。黙っているが、豊海の顔が引きつった。

「あははは、図星なんだ。いいよ、あたしだってアリバイはないんだから。でも、ちゃんとあたしが犯人じゃないって証明してくれるよね、女刑事さん」

思わせぶりにしなを作るのに、豊海は眉根を寄せた。蕗は微動だにしない。

なによ、あたしだって税金払ってんだからちゃんと仕事してっ、といきり立ってポシェットを肩から外すと、勢い良く振り上げた。そのまま叩きつけてくるかと思ったが、なぜか肩にかけ直し、代わりに手を上げて蕗に殴りかかる。後ろに下がりかけると、豊海がよせよとあいだに入った。

「なによ、あんたらつるんでるの？　信じられない、刑事と容疑者が？」

「お前と違って、俺は自分の容疑を晴らすために手を貸している。刑事に文句しかいえないようなやつは、家で大人しくしてればいいんだ。そのうち、逮捕状が届くだろうから、それまでお子様遊びでもして待ってろよ」

豊海はポシェットのビーズウサギのストラップに目を留めたらしい。手作りだと思ったのだろう。於兎もそのことをいわれたのだと気づいて、素早く胸元に引き寄せ隠した。

「ふん、お揃いのつもりか。小曾根もトラのやつを持っていたな。なるほど、お前のプレゼントか。でもなんで小曾根が虎なんだ。ウサギとトラって、なんか昔話にでもあったかな。バカとボケの騙し合いとか」

最後の言葉は蕗への問いかけだった。於兎は黙っている。黙って豊海を見つめていた。

「さあ、もうそろそろ行きましょう。九条さん、こっちへ。平さん、お話ありがとうございました。また、改めて伺います」

そういって頭を下げ、豊海の袖を引いてその場を離れる。ベンチに座ったままの於兎は、ポシェットを握ったまま、じっとこちらを睨んでいた。

17

根小屋駅になにがあるのか判明した。

松元の呼びかけで、捜査本部の雛壇近くで班員が顔を突き合わせる。

「平於兎の母親の墓か」佐久間が呟くのに、岡枝が続ける。

「母親の名は平周子《しゅうこ》。生前、墓の場所だけ購入していたようで、四年前に周子が亡くなったときに墓石《はかいし》を建てて墓となった。その二年後、父親が亡くなり、遺骨は恐らく同じ墓に入れられたんでしょうな」

蕗は松元から直接、「お手柄だったな」という言葉をもらえた。

豊海が途中で邪魔に入ったから、詳しい聴取はできなかったが、蕗は於兎が根小屋駅といったときに反応したと感じた。それを元に近辺を捜索すると、まず駅の防犯カメラに於兎の姿があり、その駅からカメラ映像を辿って行くうち、住宅街を抜けたところで見失った。更に周辺を捜すと、丘陵地帯に細い山道があり、その先に寺を見つけた。捜査員が出向いて住職に聞き込みをした結果、平家の墓が判明したということだ。

「でも平家の墓なんですよね。籍は入れていないから、父親は平の人間じゃない。それでも一緒に墓に入れるもんなんですか」

岡枝は肩こりをほぐすように首を左右に傾ける。

「ま、焼いて骨にしてしまったあとは、誰がチェックするわけでもないしな」

納骨の儀式を行わず、寺にも内緒でこっそり入れてしまえばわからないだろう。

「ふうん。だけど骨にするためにはまず焼かないといけないから、役所への届け出とかが要りますよね」

松元がいう。「今、その辺のところを別班に調べさせている」

尾上が、「父親のことがわかったら、俺が行きましょうか」と手を上げる。於兎の父親の戸籍上の家族への当たりのことだ。複雑な事情が絡むようだから、めったな刑事に聴取に行かせるわけにはいかない。松元は頷き、佐久間に顎をしゃくった。

「父親の写真が手に入った。ちょっと見にくいが、近所で正月明けのどんど焼きをしたときのスナップだ」と佐久間がホワイトボードに何枚か貼りつける。関係者がスマホで取ったのをプリントしたらしい。尾上や岡枝、蕗も近づいて覗き込んだ。

「これが平於兎の父親と思われる男だ。名前は平健作《けんさく》と名乗っていたらしいが、苗字《みようじ》はもちろん違う。下の名前も偽名かもしれん」

写真は近くの河川敷らしく、数人の人間が炎を囲んで談笑している姿があった。焦点を炎に合わせてあるからか人の姿は微かにぼやける。女子高生の於兎はすぐにわかり、その近くに背の高い男が佇んでいる。

後頭部を叩かれた気がした。実際、蕗の体は揺れてすぐ側にいた尾上に当たった。なんだ？という顔を向けられ、すぐに足がパソコンコードに引っかかったという風に下を向いて笑ってみせた。後ろに下がって、長テーブルに手を突いた。それで全体重を支える。そうしないと、その場にうずくまってしまいそうだ。

小さな写真のなかのぼやけた顔は、紛れもなく蕗の父親だった。小学生のときに別れて二十一年近く会っていなかった。それでもわかる。然から二年前に死んだと聞かされていたが、平於兎の父親との妙な符合にも全く気づかないでいた。今、写真を見て色んなことがどんどん腑《ふ》に落ちて行く気がした。

平於兎は、あのとき蕗が突き飛ばした女性のお腹のなかにいた子だ。

蕗や然とは、母親の違う妹になる。だから、妙な反発を覚えたのか。いや、そんな理由はあとづけだ。むしろ、ちゃんと推理すればその整合性に行き当たった筈なのに、あえて考えようとしなかった。可能性を頭から排除していたのは、どうしてなのか。自分とどこか似たところがあるのを感じ、無意識に考えないよう、避けていたのか。いや、似たところなんかひとつもない。ひとつも──。

蕗は指を頭に持っていき、手櫛で髪を梳いた。学生時代の於兎の写真は、艶のある漆黒の髪をしていた。

『彼女、長い黒髪がとても綺麗で手触りが良くて、僕は好きだったんです。物語では男の髪が力の源だったけど、於兎にとってもその髪が、えっと、なんていうか、あれをするときのエネルギー源になってるのかなぁって』

於兎の元カレの言葉が頭のなかで渦巻く。いつの間にか指先に力が入っていた。

「おい、おい。白ちゃん、髪の毛をむしる気か」

岡枝が目を丸くして見つめていた。はっと意識を戻し、苦笑いする。

「すみません。あんな若い子にはぐらかされているかと思うと、なんか、かっかしてきて」

「白ちゃんはすぐムキになるところがあるからなぁ。わしみたいなおっさんになると、そういうのもかえって楽しめるんだが。早く歳とれよ」

尾上らが笑い声を上げる。だが、班長は笑っていない。そんな気がしたが、目を向けて確かめる勇気はなかった。

福屋には適当な理由をつけて、昼過ぎに合流することにする。

蕗は全速力で走り、アパートの階段を駆け上がった。ドアを開けると同時に、「兄さん」と叫ぶ。ソファで寝ていたらしく、尻尾を摑まれた猫のように飛び上がるのが見えた。

「い、いや、ごめん。仕事探しに行こうとしたらさ、なんか、急に眠たくなって。ふらふらしてソファの上に倒れちゃったんだよ」とわけのわからない弁明をする。顔の前で両手を合わせるのをそのまま握って爪を立てた。

「い、痛いって。だから、今から探しに行くって」

「そうじゃない、兄さん、名前っ」

「え、ええ?」

「お父さんが死んだとき、娘と名乗る女から連絡が入ったっていったでしょ。その人の名前」

「あ、ああ。いや、だからもう二年も前で」

「オト」

「へ」

「平、於兎といわなかった?」

ぽかんと見つめ返す目が、じょじょに焦点が合ってくるような動きをした。然のたるんだ両頰が赤くなる。

「そ、そうだよ。そんな名前。どこが苗字か名前かもわからないだろう。男か女かもわかんない変な名前。漢字がさぁ、何回聞いてもわからなくて、あれ? どうした?」

その場に座り込んだ蕗を見て、然は慌ててキッチンへ水を汲みに走った。差し出すグラスを見て、「水道水は飲まないの」と押しやる。

「蕗、顔色真っ青だぞ。大丈夫か。そのタイラオトって女がどうかしたのか」そういってグラスの水をごくごく飲み干して、袖口で口を拭うのを座り込んだまま見上げた。

「於兎は」

いいかけて口を閉じた。然にいってどうなることでもない。いえば、今、捜査している事件の話になってしまう。ふいに目の奥が熱くなって、涙が堰《せき》を切ったようにこぼれ始めた。

「えっ、えっ、蕗? どうした?」さすがの然も妙だと思ったらしく、少し様子を見たあと、なにもいわずキッチンへ戻って行った。

体育座りをして、膝頭に顔をくっつける。

父は、母と蕗を憎み、恐れて家を出た。そして平周子という愛人の元に走り、無事に生まれた娘と共に平和に暮らし続けた。正規の仕事に就けなくとも、生活が苦しくとも、本当の名前を失っても、親子三人は幸福だったのだ。

近所の人は、『ごく普通の家族』といった。どこにでもあるような、普通の家庭を作り、平穏な日々を送る。それは決して、蕗や然や母とのあいだでは作れなかったもの。父親にとっては平家での家庭が本物で、蕗らはいなくていい、偽物の家族、そういう存在だった。父はきっと、死ぬまで蕗や然のことを思い出すことはなかっただろう。それがなんの根拠もないとわかっていても、ひとつの確証となった気がして蕗の心を刺し貫いた。

こぼれる涙を子どものようにごしごしと拭う。

於兎は知っていたのだ。蕗が、母親と自分を殺そうとした人間であること、父親に愛想を尽かされ捨てられた娘であること。於兎は周子か父親から、その話を聞かされていたのだろう。父なら迷うことなく全てを教えたに違いない。離婚もせず、居所を知られまいと住民票すら動かさなかったくらいだ。白澤の人間には気をつけろと、日々、教え込んでいたのではないか。

於兎が蕗を見るときの目、蕗と話をするときの唇の歪み、蕗と相対するときの反抗的な態度が次々に思い出される。蕗がしたことを於兎は今でも許していない、そんな気がした。

蕗らがいたから父親は本当の名前を名乗れず、於兎は公の書類上では、母子家庭の娘だった。高校生のときに母親が亡くなったので戸籍上、於兎は一人きりに。血の繋がった父親がいるのに、表立っては父だと紹介することができない。

『脅しのネタは小曾根の客だという以外にもあるのよ』

あのときは、横領したことかと思ったが、もしかすると於兎の母親を階段から突き飛ばしたことかもしれない。罰を負う年齢ではなかったが、罪は罪だ。蕗自身、その罪を帳消しにしたくてこれまでを生きてきた。ひょっとすると自分は、横領したことが発覚するよりも子どものころのおぞましい犯罪を知られることを恐れているのかもしれない。そして於兎はそのことに気づいている？

「ほら」

横から水の入ったグラスが差し出される。「ミネラルウォーターだよ」と然が先にいう。

「あ、ありがと」

「腹すいた？　また焼き飯作ろうか」

濡れた頬を拭って頰を弛めた。「それしかないの？」

「しようがないだろう。作れるだけでもいいじゃないか。うまかっただろう？」

「そうね」

ローテーブルを挟んで向こう側に、大きなチャウチャウがよっこらしょっと座る。

「僕さあ、父さんのこと今では可哀そうだったな、って思うんだ」

「え」

「二年前、死んだって聞かされてさ、火葬の許可を得るのに書類が色々いるから本籍地を教えてくれって、そのオトという女にいわれた。そんとき初めて、父さん、ずっと離婚しないままだったんだなって知ったんだ。母さんはもう死んでいたから、本当なら一緒に暮らしている女性と結婚できたのになぁって」

「結婚する気があるのなら、とっくにしていたんじゃないの。調停だって訴訟だってできたのよ」

「いったじゃないか、母さんは怖い人だったって。法的に夫婦関係を解消できても、母さんは絶対、父さんを許さなかったし、離さなかったと思う。それこそどんなことをしてでも捜し出して、連れ戻そうとしたんじゃないの」

「そんなに、そんなにお父さんを愛していたの？」

「どうかなぁ。愛といえば愛かなぁ。というか嫌だったんじゃないかなぁ、人に盗《と》られるのが。きっと、フライパンひとつでも、荷造り紐《ひも》一本でも、赤の他人に自分のものを奪われるのが生理的に我慢できない、そんな人だった気がする」

妄執。そんな言葉が思い浮かんだが、口にはしなかった。目の前にいる兄にも蕗にも、その人の血が半分流れている。

「行くのか？」

立ち上がった蕗を見て、然は心配そうな目を向けた。

「シャワーを浴びたら、署に戻る」

こんな顔では福屋にまた心配される。

「大丈夫か？　途中までついて行ってやろうか」

目を軽く見開く。普段の蕗なら、なんの冗談だと笑い飛ばしただろう。口を引き結んだまま首を振った。

「仕事は？　フードデリバリーをするの？」

「たぶん。それが僕には一番いいかなって」

「そう。頑張って」そういってバスルームに向かった。

うん、と明るく返事する声がして振り向くと、チャウチャウが尻尾を激しく振るのが見えた気がした。

18

「やっぱり、あいつはマズいんじゃないでしょうか」

福屋がふいにいう。ここのところ蕗の様子がおかしいのを案じての言葉のようだ。

「あいつって?」

「九条ですよ。九条豊海。やはり、つきまとってくるのはなにか下心があるからじゃないですか。止めさせましょう」

「そうねぇ」

蕗は腕を組んで考える。

小曾根の周辺からあぶり出された参考人の数はどんどん膨れ上がっている。貸金の顧客の名前が、少しずつだが判明しているのだ。見つかるたび、その人間の身上調査、周辺への聞き込み、アリバイ確認に追われる。そんななかで、動機も機会もあるという点からすれば、平於兎が最有力だし、九条豊海も同様だ。だが、どちらも決め手に欠ける。特に豊海の方は、蕗も含め捜査本部の大半が容疑者候補に入れるには物足りないと感じ始めていた。

「ですが自分は、やはり信用できません」

福屋がいつになく強い口調でいい募るのに、ゆっくり瞬きだけして応える。

捜査本部の調べでは、九条豊海の自宅が荒らされた時刻、豊海は以前働いていたレストランで食事をしていた。当時は店長まで任されていたらしいが、辞めたあと部下だった男性が店長に就いたのを聞きつけて祝いがてら出かけたらしい。防犯カメラにもしっかり映っていたし、相手をした店長の男性も店がすいていたせいか、ずっと喋っていたと証言した。

これで空き巣の狂言説は消えた。ただ、小曾根の手帳を狙った犯人が必ずしも、小曾根を殺害した人間とは限らない。手帳に名前の載っている人物なら、みな取り返したいと思うだろう。

「そうなると捜査本部の人間が一番怪しくなりますよね」

九条豊海が小曾根の息子であることを知る人間は少ない。母親と親しくしていた仲居とその周辺の人間だが、豊海の存在は知っていても現在どこに住んでいるかまでは、なかなか知り得ない。少なくともそのなかに空き巣を働いた時間のアリバイがない者はいなかった。

幹部は、豊海の部屋を荒らした人間が殺人犯と思いたかった。そうでなければ仲間を疑わねばならないからだ。松元は同僚だからといって忖度《そんたく》するような人間ではないから、どうしても上とのあいだに摩擦が生まれる。高桑祐里がなかに入ってバランスを取ろうとしているが、それもどこまで持つか。たまに見かける祐里の表情にいつもの柔らかさはなかった。隈《くま》こそ作っていないが、どんなに癖のある男性上司や部下でもひょうひょうとして手玉に取っていたときの余裕が見えない。於兎のことがなければ食事にでも誘って、気晴らしの手助けをしたかった。

だが今の蕗には、人のことに構っている暇はない。今夜、蕗は再び、黒いニット帽を被る決心をした。

福屋と共に遊軍扱いで自由に捜査させてもらっているが、於兎から指名が入ったことで担当になった感がある。しかも捜査本部が於兎の父親、つまり蕗にとっての父親のことまで調べ始めている以上、このままでは、いつか於兎との関係が知れることになる。せめて於兎の口からそれが漏れないようにしたかった。説得できるか自信はないが、せめて、あのときのことを謝罪できればという気持ちが強くある。許されるとは思っていないが、このまま刑事と事件関係者という形で接し続けることは難しい。だからもう一度、密かに二人だけで会う必要があった。今度は同じ父親を持つ女として。

今は、所轄の刑事と尾上がペアになって於兎を張っている。電話で呼び出すことも考えたが、於兎が尾上の尾行をまくのは無理だ。

それとなく張り込みの様子を尋ねてみた。尾上の妻は午前零時ごろ就寝するらしく、当直のときなど午後十一時ごろから電話をかけ、ナイトキャップ代わりのお喋りを楽しんでいた。まさか張り込みのときまではと思ったが、尾上は平然とした口調で、日課だからと答える。とはいえ車内でするわけではないだろう。そのあいだ、もう一人の所轄の刑事が於兎の部屋を見張ることになる。忍び込むとしたならその瞬間しかない。

夜。防犯カメラを避けながら自転車で向かった。こぢんまりとした七階建てマンションの一部が見えるところで降りる。歩いて近くまで行き、五階の一番端にある五〇五号室を見上げた。

目を地上に返すと、捜査車両が道を挟んだ反対側の大きな家の角にあった。鼻先だけを覗かせて、マンションの共用廊下を見張っている。裏口はあるが、部屋のドアが表の廊下側に面しているから動きがあれば十分わかる。

蕗はまず、廊下の腰壁に隠れて玄関ドアの前まで行く。防犯カメラの位置も把握している。身を屈めたまま於兎にスマホで連絡してドアを開けさせる。その際、表のなにかが気になった風を装わせ、顔だけ覗かせるのだ。張り込みする人間からは於兎の姿は見えるだろうが、その足下を潜《くぐ》って蕗がなかに入るのまでは見えない。尾上だとそんな手も怪しまれるかもしれないが、所轄刑事なら誤魔化せる気がした。

蕗はニット帽を整えながら、時計を見る。もう少しで十一時だ。尾上は恐らく車から出て、リア側で妻と話をするだろう。張り込みの最中だから長くはできない。恐らく五分か十分程度。

蕗は、マンションの裏口に回って、カメラの死角を確認する。周辺に人がいないか念入りに見て回っていると、エレベータが下りてくるのに気づき、壁際の植え込みにしゃがんでやり過ごそうとした。出てきた人物の姿を見て驚く。於兎だ。

金色の髪を黒い野球帽に押し込み、紺のパーカーに紺のスウェットパンツ、ご丁寧にフードで更に頭部を覆っている。持っているものはいつものスマホポシェットだけ。

どうやって張り込みをかい潜ったのか。考えられるとすれば、ベランダ側から防護柵を跨いで、隣へ、更に隣へと移り、その部屋の住人に頼んで玄関ドアを開けてもらう。そして、廊下の壁に隠れるように身を屈めながら階段を下りた。だが、他の部屋のドアが不自然に開閉したなら、尾上はすぐに気づき怪しんだのではないか。いつもより早く妻に電話をかけたのだろうか。

どちらにしろ、幸運と偶然に助けられ、於兎は見事に部屋を抜け出した。形ばかり周囲を見回すと、夜陰に紛れてリスのように走り出す。蕗もすぐあとを追った。

こんな時間にどこへ行く気なのか。誰かに呼び出されたのか。それとも、大事なものを隠しに行くのか、ちゃんとあるかを確かめに行くのか。

素人だから簡単に尾行できそうなものだが、於兎のようなタイプは案外難しい。神経質そうにいちいち振り返ったり、いきなり立ち止まってスマホを確認したりするから、あまり近づけない。仕方なく、ワンブロック空けて追う。

高架下を抜けると、人の気配が全くない細い通りに出た。道の右側が生活用水路で、反対側はなにかの工場らしくシャッターが続く。街灯が切れかけているらしく点滅していて、蕗は嫌な感じがした。於兎もそう思ったらしく、速度を弛めると体を縮こませるようにしてゆっくり歩き始める。両手でしっかりとスマホをポシェットごと握り締める。後ろを見る余裕もなくなったのか、前や左右にばかり首を振る。

シャッターが途切れるたび細い路地が現れ、於兎はこわごわ覗き込んでは横切って行った。もう少しで、大通りというところまできた。安堵しているのが、後ろからでもわかる。

その瞬間、路地から黒い影が現れた。そして素早く於兎の後ろへと迫るのを見て、蕗は驚愕《きょうがく》した。

「於兎っ」

思わず叫んだ。於兎が振り向き、黒い影を見つけて悲鳴を上げた。影は微かに上半身を強張らせたようだが、すぐに腕を振り上げ棒のようなものを思いきり下ろした。蕗の声を聞いて一瞬早く襲撃者に気づいた於兎は、まともに攻撃を浴びることだけは免れた。だが、顔面のどこかを殴られたらしく、枝が折れるように地面に倒れ込む。手に握っていたスマホが転がった。蕗はそれを見て地を蹴った。躊躇いや恐れはなかった。ただ、一刻も早く行かなければ於兎が死ぬ。そのことだけしか頭にはなかった。

黒い襲撃者は仕損じたことに気づいて、再び腕を振り上げる。点滅する街灯で、得物《えもの》が銀色に光るのが見えた。金属バットだろう。蕗は、大声を上げながら飛びかかった。だが、かろうじて衣服の一部を摑んだだけで地面に倒れ伏した。それでも、襲撃者の攻撃を多少は逸らせることに成功した。すると今度は、地面に倒れた蕗へと殺意を向ける。振り下ろされるバットの先を逃れながら、倒れた体勢のまま体をごろごろと回転させる。金属音が地面に響き渡る。金属バットが跳ね返り、手首のしびれを堪えるように敵は肩を落として息を吐《は》く。その隙に襲撃者の足下に体を滑り込ませ、仰向《あおむ》けに横たわったまま蕗は、黒いニットマスクで覆われた襲撃者を見上げる。男であることはわかる。

体を伸ばして男は両手でバットを握り直すと真下にいる蕗に向かって振りかぶった。咄嗟に両手で襲撃者の足首を摑み、唸《うな》り声を上げながら右足を持ち上げ、爪先を襲撃者の胸元へと突っ込んだ。当たった感触はあったが、バットを手放させるほどのダメージは与えられなかった。逆に、足首を摑んでいる蕗の手を払おうと闇雲にバットを振り回し始めた。慌ててよけようとしたが、こめかみ近くに当たって、ぎゃっと声を上げて転がる。転がりながらも、於兎を探した。気を失っているのか、倒れたまま動かない。死んだのだろうか。そう思ったとき、呻く声が聞こえた。生きていると安堵しかけるが、その声を男も聞き逃さなかったようだ。黒い姿が再び、於兎へと近づいて行こうとしている。

「ま、待ちな、さいっ」

声がまともに出ない。蕗は力を振り絞って立ち上がり、よろよろしながらも襲撃者を追った。バットを振り上げるのが見えた。地面から於兎の悲鳴が聞こえた。

「やめてっ」

叫んだ瞬間、襲撃者が顔だけ振り返った。そしてすぐ側まできていた蕗に向かって、体ごと返して金属バットをまるでスイングするかのように振りきろうとした。蕗は咄嗟に両腕をボクサーのガードのように顔の前に立てて覆う。今度は躱《かわ》せないと覚悟した。まともにくらえば致命的なものになる。

「なにしているっ」

救いの声が降ってきた。聞いたことのある声。すぐにばたばたと駆け出す足音が続く。恐れていた衝撃はこず、間近に迫っていた殺気が消えた。足音が遠ざかり、別の足音が近づく。

「おい、しっかり、あ、お前、白澤じゃないか。なんで、いや、大丈夫か、大丈夫だな」

それだけ早口で喋ると、尾上はそのまま再び駆けて行った。遠くで、逃がすか、この野郎、というのが聞こえる。蕗は安堵のあまり、その場に座り込んだ。

「大丈夫ですか」

尾上と組んでいる所轄の主任が、心配そうに覗き込む。年齢は五十過ぎくらいだろうか、不安と好奇の入り交じった目に蕗は小さく頷き返し、「それより於兎を。平於兎を」といった。えっ、と主任が驚く声を上げ、地面に倒れている女性をさっと見返る。

今もまだマンションの部屋にいると思っていたらしい。

慌てて於兎の体に取りすがる。肩を揺すって、大丈夫かと叫びながらスマホを取り出したのだろう、救急車を要請する声がした。そのまま捜査本部にも連絡を入れたようだ。やがて主任の足下で体を横にしたままの於兎がうっすら目を開けるのが見えた。ほっと笑みを浮かべる。そんな蕗を見つけた於兎が大きく目を開く。倒れたまま、右手はスマホポシェットの紐を握り、もう一方の手をゆっくり伸ばす。そして人差し指を蕗に向けた。

「この女が、あたしを殺そうとした」

19

絆創膏《ばんそうこう》でなく、包帯を頭に巻いてもらったお陰で、多少は尋問の手を弛めてもらえた気がする。それでも、取調室という狭い空間における息苦しさは想像以上だ。調べる方でなく、尋問される側だからいっそうだ。竹河もこの雰囲気を経験したのか、よく持ちこたえられたなぁ、と妙に感心する気持ちが湧いた。

「なに、笑っている」

はっと目を戻し、いえ、といって顔を伏せた。

蕗を取り調べるのは、所轄の係長と主任だ。一課松元班が関わるのは問題だと意見でもされたのだろう。監視窓の向こうに気配はするが、蕗がここに連れてこられてから班員の姿も見ていなかった。尾上は犯人を捕まえたのだろうか。聞いたところで教えてもらえないのはわかっているから、無駄な質問はしない。

「どうして平於兎を襲った」

「襲っていません。わたしは、襲撃されているのを見つけて助けに入ったんです」

「だったら、なんでそんな格好で、参考人と会っていた。偶然なんてふざけたセリフは吐くなよ」

「偶然ではありません。密かに平於兎と面談したいと思って出向きましたが、マンションの近くで於兎の姿を見つけて、あとを尾けただけです」

「それで人気《ひとけ》のない場所で殺そうとしたのか」

「いいえ、襲撃されている現場に遭遇しただけです」

同じ質問に同じ答えを返す。

「だが、平はあんたに殺されかけたといっている」

「平於兎は、わたしに遺恨を抱いています」

「どういう恨みだ。平於兎とはこの事件で初めて会ったんじゃないのか。顔見知りだったのか」

「いいえ。今回、初めて会いました。恨みの内容については黙秘します。個人的なことなので」

「ふざけるなっ」

と、ここまでがワンクールで、一時間前に病院で手当てを受けたあと署に連行されて、取調室に入ってから繰り返された会話だった。人並みに倦《う》む気持ちはあったが、自分もこれまで同じことをしてきたから、不平不満はいわず大人しく同じ答えを返し続けた。

ドアがノックされ、所轄の刑事が顔を覗かせる。係長が席を立って、話を聞くと頷いた。ドアの隙間から、福屋の姿が見えたようだが気のせいかもしれない。

前橋中央署刑事課強行犯係の係長は、名前を確か乙田《おとだ》警部補といった気がする。頭を打ったせいか記憶力に自信が持てないので、名前はいわないようにする。

「なにか新しい事実が判明しましたか、係長」

係長は椅子に座りながら、なぜかむっとして、少し残念そうな表情に変えた。

「平於兎のスマホに、ショートメッセージが入っていた」

黙って待っている。送った方の電話番号から発信者を特定するには時間がかかる。それが蕗からのものかどうかはわからないだろう。係長は少し逡巡したあと、教えてくれた。

「あんたの名前で、マンションから出てくるようにという指示だった。ご丁寧に、抜け出す方法まで書かれていた」

そうか、と腑に落ちた。だから、於兎は真っすぐ蕗を指差したのか。けれど、蕗の名を騙《かた》った呼び出しにこうも易々《やすやす》と応じるなんて、と自分の立場も忘れて軽く苛立つ。

けれど犯人はどこで於兎のスマホの番号を知ったのだろう。小曾根を襲ったときだろうか。あのとき、小曾根の貸金用のスマホは持ち去られていたけれど、私用の方は残されていた。ざっとなかを確認するくらいはしたかもしれない。ただ、最初から於兎の存在を知っていたのなら別だが、殺人現場で番号を探すくらいなら持ち去った方が早い。残していったということは、貸金用しか興味がなかったということではないか。

捜査本部の人間なら於兎が小曾根の恋人であることは知っているだろうが、まだスマホまでは特定できていなかった。いったい誰が於兎を呼び出せたのだろう。

「おい、お宅らは外せっていわれているだろう」

いきなり係長が怒気を含んだ声を出した。目を向けると、ドアを開けて尾上と佐久間が入ってくるところだった。

尾上はにこやかな表情で、「それがですね、うちでしか把握できていない事柄があるもんですから」というのに、主任の方が眉間の皺を深くさせた。「だったら、それを教えてもらおうか」

「そうしたいのはやまやまなんですが、直に俺らが当たった方が早く片づくんじゃないかと思うんですよ。二度手間ですし、なんせこいつは一課でも俺に次いで優秀な刑事ですから、手を焼かせるのは目に見えてます」としれっという。係長と主任が同時に目を怒らせた。

「俺らじゃ不足だってのか」

すかさず佐久間があいだに入る。表情もなくひと言だけ告げた。

「高桑一課長の許しを得ている」

所轄の刑事は、ぶつぶつ呟きながら出て行った。ドアが閉まったのを確認すると、佐久間はパイプ椅子を監視窓の壁際に寄せて座る。尾上は監視窓を背にしてもたれるように立った。これでは向こうからなかの様子は見えないだろう。

「では、始めようか」

監視部屋で舌打ちし、怒りの唾を飛ばしている所轄刑事の姿が見えた気がした。

「岡枝さんがこれまでずっと調べていたんだが、時間がなかったんで大したことはわからなかった。だから直に訊くことにする」佐久間が手にしたファイルを膝の上に載せた。

「ずっと?」軽くショックを受けるがなんとか踏ん張って、「そうなんですか。最初からわたしに目をつけておられましたか」と応じた。

佐久間は無表情に頷き、尾上が軽い口調でいった。

「お前、様子おかしかったもんな」

そうか。松元班は端から蕗に疑念を抱いていたわけだ。どこがマズかったのだろう。そんな疑問が過ったのを見て取った佐久間が、軽く息を吐いていった。

「普段のような執念深さが見えなかったぞ」

「そうそう。お前、いつもなら犯人の情報を得ようと蛇みたいに舌をチョロチョロ出しながら鎌首をあちこち伸ばすくせに、今回に限って大人しかったじゃないか。班長から新人を当てがわれたときも大して抵抗しなかったし、せっかく遊軍にしてもらえたのに無茶をすることもなく型通りの捜査だけしていた」

お前なら、俺がうるさいと怒鳴るまで、本筋の情報を聞きたがっただろう、という。

ふと竹河にいわれたことが思い出された。

『痴漢だって容赦しない。法を破った人間には違いないんだ、罪を犯した者はどんな罪であれ、誰であれ等しく罰を負う。そう心にしっかり決めている』

蕗が小学生のときに犯した事件以来、ずっと心のなかで自身が生きてゆくために決めていた戒めだ。その決意があったから、これまで刑事としてやってこられたし、捜査一課の松元班の班員としても認められていたのだ。

けれど、たった一度、横領という罪に手を染めたことで、それが弛んだ。しかも殺人事件に遭遇していながら、保身を優先させ、捜査の妨害までしたのだ。常と変わらない態度を取っていたつもりだったが動揺は隠せず、同僚の目を誤魔化すことはできなかった。

「一番初めに、白澤に気をつけておけといったのは班長だけどね」

しかも蕗を安心して動かさせるために、尾上はわざと佐久間を怪しんでいる風に見せかけた。それも班長の指示だった。

　佐久間と尾上が揃って、にたりと笑うのを見て全身の力が抜けた。

「平於兎が一緒に暮らしていた父親が、白澤の親父《おやじ》さんなんだ」

「はい」

「異母姉妹になるのか」

「はい。ＤＮＡ鑑定して確かめたわけではありませんが、恐らく」

「初めて会ったのか」

「そうです。今回の事件がなければ永遠に会うことも、その存在さえ知らなかったかもしれません」

「そうか。人は誰しも、色んなことを抱えているもんだな」

　言葉の簡素さとは裏腹に、普段冷静な佐久間の表情に憐《あわ》れむ色が見えて、蕗の胸を痛くした。黙って目を上げると尾上と視線が合い、にっと笑ってくれたので、少し気持ちが落ち着く。

「刑事としてでなく、異母姉として会いに行くつもりだったのか」

「ええ、まあ」

「なんであんな格好？」尾上が、腕を組んだまま見下ろす。真っ黒けだったから、すぐにはお前だとわからなかった、と口をへの字にした。

「尾上さんらが張っておられるのは知ってましたし。できれば内緒にしたかった」

「ふうん。で、ショートメッセージには覚えがない？」

「ありません。呼び出していたのなら、マンションには行きません」

「そうだよな。でもさ、端から於兎を殺害する気で、出てきたところを狙えば不意を突けると考えた、とか?」

むっとしてみせたが、尾上は鳥のように感情のない視線を投げるだけだった。一課松元班のメンバーに疑われて、潔白を証明するのは簡単じゃない。それは蕗自身が一番よくわかっている。そっと尾上の背後にある監視窓を見た。松元と岡枝もそこにいるだろう。やり取りする音声は聞こえている筈だ。ここは覚悟を決めるしかないか。

「尾上さん、襲撃犯の情報はあるんですか」

取り逃がしたことは、尾上がここに入ってきたときの表情で想像できた。逮捕していれば、それを尋問の手札にしただろうに、その気配もなかった。案の定、尾上は体のどこかが痛むかのように眉根を寄せながらも、あっさり教えてくれる。

「若そうな男で足が速いということ、身が軽いということくらいだな」

「縄梯子を使って屋上から十階のベランダまで往復できそうな?」

佐久間が珍しくにやりとした。逆に尾上の眉間の皺は深くなる。

「まあ、できそうだったな。俺より足の速いやつって久しぶりにお目にかかったわ」

「金属バットは置いていったが、量販品でそっちからはなにも出そうにない」と佐久間がつけ足す。

「そうですか。それで於兎は持っていましたか、手帳」

尾上が、いってもいいかと問うように佐久間の顔を窺う。無表情のまま、佐久間は頷いた。

「お前からのメッセージを受け取ったといったんで、確認させてくれとスマホを取り上げた。治療のために麻酔をかけたとこだったから、抵抗する間もなく寝てくれたよ。そこに白澤を名乗る人物とやり取りした痕跡はあったが、他にめぼしいものはない。働いていたヘルスの関係、客やショップ、知人らしい番号があるから今、順次当たっているが、ＬＩＮＥやメール、写真や動画にしてもありきたりのものしか入っていなかった。メモなんかの書き込みや手帳を撮ったものはなし」

松元班も蕗と同じように、於兎のスマホが怪しいと考えていたのだ。肌身離さず持っていた唯一のものだ。

「本人が持っていないのなら、根小屋の方はどうですか？」

「ああ、目撃者を探しまくってようやく判明したのが、於兎が刑事をまいたあと寺に出向き、墓の前で線香を盛大に焚《た》いていたらしいということだけ」

「姿は確認できたんですか？」

尾上は首を振る。墓と墓のあいだから、煙が上がっているのを見たが、於兎自身の姿まではっきり見ていなかったそうだ。「かろうじて金色の髪らしいのは見えたそうだけどね」

「その日は両親の命日でもないから、お参りにしては妙だ。なにかしらの用事があって行ったのは違いない。しかも急ぐ必要があった」

佐久間がそういって口を閉じた。

刑事にマークされた以上、手帳を側に置いていては危険だと思った可能性は高い。佐久間のいう通り、その場所になにか理由があるのだろう。もしかするとお墓のなかに隠したのか。たとえそうだったとしても、さすがに今の段階で墓のなかまで捜索するのは無理だ。

「ひとまず手帳の方は措《お》いといて。白澤、平於兎を狙った犯人のことでなにかわからないか」

それは救急車で搬送されてから取調室に運ばれるまでのあいだ、ずっと考えていたことだ。於兎の交友関係はいまだ判然としないし、蕗の周囲であの体型で該当しそうな男は一人しかいない。

「九条豊海はどうですか」

「そう思って岡枝さんがすぐに動いてくれたが、アリバイ有り」

「そうなんですか？」どこかホッとしている自分がいて、蕗は戸惑う。

「平於兎が襲われた時刻、高崎線の熊谷《くまがや》で酒を飲んだとかで、人の家の前で吐いている姿が防犯カメラに映っていた」

思わず眉を顰《ひそ》める。蕗と一緒のときは人の良さそうな態度を崩さなかったが、内心では色々、うっぷんが溜まっていたのか。ただ、酒は苦手だといっていた気がする。蕗を誘うときもいつも食事といっていたし。ゆっくり瞬きをして、尾上に顔を向けた。

「そこって現場から離れていますよね」

「ああ、車でも一時間はかかる。個人の家につけられていたカメラにたまたま入っていた。ガレージに近づくと人感センサーでライトも点くから顔までばっちり確認できた。本人の供述を元に岡枝さんが探して、吐いたものまで見つけてきたよ」

「なんで熊谷なんでしょう」

「本人は、母親との思い出のある場所だとかいってたな。歩き回っているうち、酒でも飲みたくなったとか」

「――そうですか」

佐久間と尾上が互いに顔を見合わせる。

「なにか気になるのか」

尾上が尋ねるのに、蕗は目を細めるしかできない。

「わかりません」

記憶を辿って、黒いニットマスクから覗いた二つの目、黒い体から滲み出ていた殺気を蘇らせる。あの憎しみの気配、同じようなのをどこかで感じた気がする。

考え込む蕗を佐久間と尾上は、黙って待っていてくれた。

鼻から大きく息を吸い込む。二人に目を向けると佐久間と尾上が、うん？　と見返した。

「その家の方《かた》、綺麗に掃除されたんでしょうね」

「あ？　ああ、ゲロ？　だろうな。岡枝さんがカメラを見せてもらうために夜中に起こしたんだし、ついでに掃除しただろうな」

「そうなんですね」と呟いたあと、黙考した。

佐久間と尾上が口元を弛めているのに気づいて、「あ、すみません」とパイプ椅子のなかで姿勢を正す。

「もう、いいか、白澤。こっちからの情報は以上だ」

「はい」

「顧客のなかにめぼしい容疑者はまだ浮かんでこない。一番動機のありそうな九条豊海も平於兎も、ここに至っては容疑薄となった。はっきりいって捜査本部は手詰まり状態だ。それを打開するために、お前の協力が必要だ」

容体が安定したら、平於兎への事情聴取を始めるという。

「はい」

「まずは」と佐久間が醒《さ》めた口調のまま問う。「なんでお前が小曽根と関わることになったのかを話せ」

蕗は膝の上で拳を握ると監視窓の方を見やった。

20

ほとんど徹夜明けの状態ではあったが、蕗は署でシャワーを浴びて着替えをし、ランニングして帰ることにした。頭の怪我がずきずきするので、スピードは出せず、ほとんどマラニックの状態だ。マラソンとピクニックを合わせた、休憩有りののんびりしたランニング。マラニックしながら事件のことを振り返り、整理しようと思った。

まだ夜の気配が残る街の景色だったが、遠くで空が白み始めている。蕗は人気のない道路沿いを黙々と進む。蕗の名を使ったとはいえ、於兎は怪しげなショートメッセージだけでなぜ外へ出てきたのか。そして、於兎が出てくると犯人はどうして予想できたのか。それとも出てこなければ、また別の手を考えるという闇雲な計画だったのか。

更には金属バット。手帳を取り戻すだけなのに、犯人はあんな御大層な武器まで持ち出した。二十一歳の元ヘルス嬢、胸は人並み以上の大きさだが、運動とは縁のなさそうなスタイルだ。襲うのは難しくない。後ろからではあったが、真っすぐ頭を狙っていたように見えた。

引っかかった言葉があった。

『線香を盛大に焚いていた』

墓前でなにかを燃やしていたのではないか。恐らく、手帳。小さいとはいえそんなものを持ち歩いていては、いつかは見つかる。だから、ページごとにカメラで撮って、次から次へと燃やしていった。

松元班もそう考えて、スマホのなかを確認したのだろう。なかったということは、燃やしたのは手帳ではなかったということか。それなら手帳は今どこに。まだお墓のなか？

気温は五度もないようだったけれど、さすがに一時間も走ると汗が出る。これ以上は無理と諦め、高崎駅から午前六時過ぎの快速電車に乗った。四十分ほどで熊谷駅に着く。

学生やサラリーマンらが駅へ向かって歩いてくるなか、蕗は逆向きに進んだ。

ところ番地を確かめ、一軒の戸建ての前に立つ。庭が綺麗で、門扉も綺麗。壁も真っ白で、新築であることがわかる。隣近所から出勤や登校する人が出てきて、送り出す人の声が聞こえる。道で佇む蕗を見て、不思議そうな表情をしながらも軽く会釈をしてきた。

やがて目の前の家の玄関ドアが開いた。蕗は門扉から少し離れて屈み、シューズの紐を直す振りをする。

いってらっしゃい、という声に送られ、四十代前半くらいの男性が駅への道を辿って行く。その後ろ姿を追うようにして数歩歩いたところでなにげなく振り返り、「あら？」と声に出した。

妻と思われる女性が、蕗を見て挨拶をする。ご近所の誰かと思ったのだろう。女性は二十代後半か三十を過ぎた辺り。薄くメイクをしているが口紅が朝にしては赤い。ブランドのエプロンを着け、指にはマニキュアが塗られている。

蕗はキャップに手をかけ、ことさら明るい声を出して門扉に近づいた。

「あら、あなた、どっかで。えっと、そうだ前橋にある『青いしずく』だ。ねえ、あなたあそこにいる人よね？　あたしは、上の階のスナックで働いていたことがあって――」

女性は、綺麗な顔をさっと歪め、「人違いですよ」と低い声でいう。視線を慌ただしく揺らし、周囲に人がいないか確認する。

「え？　そう？　あれ、『しずく』じゃなかったっけ。じゃあ、別のとこかな」といって、嫌がる表情に気づかない振りで、めぼしい店舗名を指を折るようにして挙げていく。

女性は足早に門扉に近づくと、赤い唇をめくれさせ歯を剝いた。

「ちょっと、妙なこといわないで。そんな仕事してないから。おかしな話をこの辺りで喋ったりしたら、ただじゃおかないからね」と凄んだ。と思ったらいきなり満面の笑みを浮かべた。蕗の後ろをゴミの袋を抱えた女性が通り過ぎる。

「お早うございます」互いに挨拶する。そして蕗に目を戻すと、「駅への道はここを真っすぐですよ」と明るく笑って背を向けた。

蕗は女性の後ろ姿に、「どうもすみません」と声をかけ、再び走り出す。そして、ああいうのが好みなのか、と小さくない嫌悪を払うようにスピードを上げた。


アパートに戻って、ドアを開けるまで心配だった。だが、ちゃんといた。

「兄さん、デリバリーの仕事は？」

然は薄汚れたスウェットを引き下ろして慌ててへそを隠すと、例によって苦笑いのような薄笑いを浮かべる。

「うん、これから行こうと思ってる。昼前が一番多くなるからね」

「そうか、そうよね」

「蕗、どうしたんだ、その頭」

「え？　ああ、ちょっとね」

「大丈夫なのか。病院には行ったのか」

心配そうな顔で、近づいてくる。

「うん、ちゃんと病院で手当てしてもらった。検査もしたし、大したことないって」

「そうか、そうなのか。だけどなんだか痛そうだ。今日はもう、部屋でゆっくりできるんだろう？　仕事休めるんだろう？」

「うーん」

「駄目なのか？　そんな酷い怪我をしているのにどうして」

「兄さん」

「うん？　なに？　具合、悪いのか？」

「ううん、ただ、ちょっと手を貸して――」といいかけて、やっぱりいい、と首を振った。

「なんだよ。なにか困っているのか？　いってよ。金はないけど、それ以外のことならなんでもするよ。たった一人の妹なんだから力になる」

こんな足だからできることは限られるかもしれないけど頑張るよ、と厚い胸を反らす。

蕗はそっと目を伏せた。

「あ、ごめん。嫌みをいったんじゃないから。蕗ぃ、気を悪くしないでくれよぉ」

「いい。大丈夫、気にしていない。それじゃあ、兄さん」

「うん」

「ちょっと手を貸してもらえる？」

「いいよ、もちろん」

「犯罪行為でも？」

「えっ」さすがに驚いた顔をする。そしてすぐに、「いいよ。大丈夫。僕、お前のためなら刑務所に入っても構わない。お前にかけた迷惑を考えれば、それだけしてもまだ足りないくらいだ」とつけ足す。望むところだ、とまでいう。

「兄さん一人に罪を負わせない。わたしも一緒にする。ただ、ちょっと一人では無理だから」

「お仲間の刑事には内緒なんだな？」

そう、といって蕗は表情を険しくした。「例の平於兎が関係していることだから」

「平って」と然は不思議そうな顔をする。「例の女か？　なんで。なんか事件に関係あんの？」といったあと、はっとした表情を浮かべる。「そうか、それで蕗は、あの女のことを気にしていたのか」

いったい、そいつなにをやったんだ？　どうせ碌な人間になっちゃいないとは思っていたけど、と神妙な顔をする。

碌な人間――。傷がずきんと痛む。

顔をしかめる様子を見て、然が悲痛な声を上げる。

「蕗、大丈夫なのか。もしかしてその怪我、平於兎にされたのか。いくら父さんの娘だからって、お前があんな女から酷い目に遭わされることないんだからなぁ」

もうとっくに酷い目に遭っている、という言葉を呑み込み、笑ってみせる。

「ありがとう、兄さん」

「ともかくその於兎が、お前に面倒をかけているんだな。わかった。どうすればいい。その女を襲うのか」

「そんなことしたら、わたしの立場が余計悪くなる」

「そう、そうだな。ごめん。僕って、頭を使うことが苦手だから。いいよ、力仕事でも、なんでもする」

「本当に？　いいのね？」

然が力強く頷くのを見て、蕗は目にうっすら涙を溜める。

「於兎が隠したものを奪いに行く」

「隠したもの？」

「ええ。それがあると、わたし刑事を続けられない。ううん、捕まって罰を受けるかもしれない」

「えっ」

正味驚いた顔をする。元はといえば、この然が原因なのだが、ここ最近、兄とは良好な関係を続けているから、それはいわない。

「わかった。僕がやる」

「お願い。わたし一人ではたぶん無理だから」

「任せて。なにか武器でもあった方がいいな」

「違う違う。於兎にはなにもしないわよ。手帳の隠し場所がお墓だからなの」

「墓？」

「ほら、お骨《こつ》を入れるところ。カロートっていうの？　重くて一人では開けられないのよ。だから手伝って欲しい」

日中、女が汗だくになって墓をいじっていては怪しまれる。短時間に要領よくすませなければならない。そう説明すると、然はまた大きく頷いた。チャウチャウが、好きなボールを見つけたような顔だ。

「よーし、任せろ。だけどその怪我じゃ動くのは辛いだろう。僕が自転車に乗せて行ってやるよ」

「あははは。刑事がデリバリーされてどうするのよ。よしてよ、兄さん。笑うと頭の傷が痛むから」

「ああ、ごめん、ごめん」

「だいたい、高崎の墓地まで自転車じゃ行けないし」

「高崎かぁ。それは遠いな。電車か車だな」

「うん。ちょっとシャワーを浴びて支度するから、待ってて」

「わかった。なら、そのあいだに焼き飯作るよ。体力つけないとな」

そういって太った体を狭いキッチンに押し込んだ。

「朝から焼き飯って」

苦笑いしながら、バスルームに向かう。マラニックで汗をかいたから、ひとまず着替えたい。

21

新前橋駅くらいまでなら自転車に乗せて行けるとしつこくいう。怪我もしているし、この際、二人乗りには目を瞑って甘えることにする。

「最寄り駅の防犯カメラに映りたくないから、そこで十分よ」

そういうと然は、喜び勇んで自転車の荷台から、配達用の真新しい黒いボックスを外し始めた。汚れるほど活躍しなかったらしい。蕗は表情が曇らないよう、すぐに目を逸らした。

「蕗。ほら、早く乗れよ」

顔いっぱい笑顔にした然が、荷台をぽんぽんと叩く。子どもにするような仕草に思わず笑う。兄の背中をこんな間近で見るのはいつ以来だろう。広い背中といえば聞こえはいいが、まるでマットレスのような弾力と膨らみだ。あらゆる筋肉が脂肪に覆い隠されている。

荷台に跨り兄の背にしがみつく。いくぞ、という声と共にふらりと傾いた。

「わ」「おっ」

二人揃って声を上げるが、なんとか持ちこたえ、然は懸命にペダルを漕ぎ出す。快適に走り出して、十一月の風を楽しむ余裕ができた。

「風が気持ちいい」

「だろう？　僕、やっぱりデリバリーで頑張るよ」

「そうなの」

「あ、信用してないな。寒いときも暑いときもあるけど、風の気持ちよさを肌で感じてお金を稼げる仕事って、そうそうないと思うんだ」

だから、今度こそ真面目にやろうと思う、と落ち着いた声でいう。然にしては珍しい声音だった。

「兄さん、ごめんね」

「え。なにが?」

「足。その足のことがなかったら、今とは違った人生を生きていたよね」

然の背中が板のように動かなくなり、そしてしばらくしてから、湿った声が風に乗って届いた。

「そんなこというなよ。僕は、妹を助けるためなら、何度でも同じことをして、何本足を折っても構わないと思ってるよ」

「兄さん」

「本当はそう思っているのに、それなのに、僕は意気地がなくって、お前に八つ当たりしてさ。ずい分、酷く傷つけたよね。ホント、悪いことしたって思ってる。僕って、根っからの駄目男なんだ。足のことがなくったって、きっと、僕はこんなつまらない人間にしかなれなかったと思う」

「そんなことない。だって兄さんは」

兄さんは、少なくともお母さんのいいなりになって罪を犯す真似はしなかった、といった。

然は僅かに顔をこちらに向けるような素振りを見せ、また前を向くと強く首を振った。

「お前は子どもだったんだ。悪いのは母さんで、そして父さんだ。僕らは、ちっとも悪くない」

「うん。そうね。たぶん、そうなんだよね」

「そうだよ。さあ、もうすぐ着くぞ。この自転車を駅から離れたところに隠してくるから、その辺で待ってて」

「うん。兄さん」

「なに？」

「こんなこと頼んでごめんね。でも、わたし本当に追いつめられているの。今度こそ、犯罪者として裁かれる。もう、あのときみたいな子どもじゃないから」

「わかっている。お前のためなら、僕はなんでもする。信じてくれ」

自転車のブレーキ音が響いて、車体が停まる。蕗は荷台から降りて、カメラのないところで待つ。やがて然が、太った体を揺すりながら駆けてくる。相当寒い筈なのに、額に汗をいっぱい掻いていた。

それを見て、この人は蕗のたった一人の兄なのだと思う。血の繋がりだけでなく、一緒の時間を過ごしたという事実と過去に同じ景色を見たことが、二人を他人ではなくしているのだと、改めて感じた。

だからきっと白澤然は期待した通りのことをしてくれる。

高崎市内にある根小屋駅は小さな可愛らしい駅だが、防犯カメラはある。慎重に避けて、駅から南への道を辿る。住宅街があるので平日の午後ではあったけれど、根小屋駅には人の姿がちらほら見える。紅葉を迎えた山の散策を終えた人々なのかハイキング姿の人も見える。多少、疲れた表情はしているがどこか足取りが軽い。あとは電車に乗って楽しい我が家へ戻るだけなのだ。

空気は冷たいが清浄そのものだ。遠くに見える丘陵地帯には赤く染まった景色が見え、陽の傾きと共にその色を深くしてゆく。

蕗と然は顔を俯け、距離を開けながら歩く。蕗が前を行き、人とすれ違いそうになったら屈んでシューズの紐を直したり、道を外れて樹々のあいだに潜り込んだりした。

目指す寺までそうやって歩く。近くにある店にもカメラがあるから、林のなかを抜けて墓地に出る。

おおよその場所は尾上から聞いていたので、すぐに平家と書かれた墓石を見つけた。

供えられている花はまだ枯れずにある。於兎が持ってきたものだろう。軽く手を合わせたあと然と顔を見合わせ、ゆっくり周囲を見渡した。

人気はなく、しんと静まりかえっている。夕陽が横から射してきて、然の白い顔を赤く染めた。赤茶色のくせ毛の髪はいっそう赤々と見え、母も同じような髪だったことを思い出す。

「これだな」然がいうのに、慌てて足下へ視線を振った。

「そう。重いわよ、気をつけて」

「うん、任せて」

然は腰を屈ませ、遺骨を入れるカロート部分を覆う御影石《みかげいし》に手をかける。そして、顔を真っ赤にさせて力んだ。

「兄さん、大丈夫?」

ううう、と呻く。太っているからといって力があるわけではない。それでも、女の蕗よりはあると信じたい。

ずり、っという鈍い音がした。

「兄さん、動いたわよ。もう少し」

「ううう。よ、よーし。くっ、くっそう、ええええい」

石蓋が一気に動き、暗い空間が見えた。

「兄さん、どいて」

突き飛ばすようにして、蕗は身を屈ませてなかを見た。白い壺が二つある。父と平周子のものだ。胸の辺りを冷たいものが流れ落ちる。汗なのか涙なのか。

結局、戻ってこなかった父。恐ろしい娘だと忌《い》んで、二度と会おうとしなかった父。それでも、蕗にとってはたった一人の父親だった。こんな形で再会するとは思ってもみなかった。

「どうした蕗、ないのか?」

後ろから然の声がかかって、目を瞬かせることで込み上げてきたものを押し戻した。

「ちょっと待って」

そういって手を奥へと伸ばす。指先がひやりとする。引き抜いた手には、黒い小さな手帳がひとつ。

「それか、手帳って」

「そう。ここにわたしのした悪事が書かれている」

「そうか。良かった。さあ、蓋を元に戻して早く帰ろう」

そういうなり然は、要領を得たのか、開けるときよりもスムーズに石蓋を閉じた。二人で揃って立ち上がり、墓石のあいだを足早に進む。

陽はあっという間に傾き、紅葉した樹々も色を失くして暗く寒々とした姿に変えた。葉擦れの音が思った以上に騒がしく感じられ、足が自然と早くなる。もう少しで寺の境内に出るというところで風を感じた。自転車の後ろで感じた心地よい風とは違う、臭気と殺意に溢れたおぞましいもの。黒い影が目の前に躍り出た。全身黒ずくめで、ニットマスクをした若い男。恐らく平於兎を襲った人間。あのときと違っているのは手に金属バットではなく、ナイフが握られていることだけ。

「蕗っ」

然の呼ぶ声。振り返ろうとした瞬間、手にあった手帳を後ろから奪われ、どんと背中を押された。つんのめるようにして、黒い襲撃者の方へと押し出される。狭い通路で左右には墓石があって逃げられない。なにするのよ兄さん、と叫ぶ暇もなく、ナイフがこちらへと迫る。下がればまともに刺されるだけから、そのまま前へと突っ込み、あと僅かという距離で本能のまま身を屈めた。ナイフは空を切ったが、全く無事とはいかなかった。屈み込んだ蕗の上に、ナイフで切られた黒髪がぱらぱらと落ちてくる。

体勢を整えた襲撃者は半歩下がると、ほぼ真上の位置から蕗に向かってナイフを振り下ろした。地面に膝を突いたまま、蕗は男を見上げる。

今のこの瞬間振り返って、然の顔を見てみたかった。どんな目をしているのか。どんな表情で妹の最期を見届けようとしているのか。けれどその暇はない。

「死ねっ」

「やめろっ。動くなっ」

重なるように怒声が発せられた。鳥の声も風の音もしない夕闇迫る墓地に轟き渡ったのは、聞き慣れた声だった。

蕗を狙ったナイフの切っ先が驚いて揺れた。男は声のした方を振り返る。それを見て蕗は、素早く墓石と墓石のあいだの狭い空間に身を滑り込ませた。

樹々が不自然に揺れ、いくつもの足音が響く。草や地面を踏みしだきながら、スーツ姿の男が幾人も現れた。その集団の先頭に立つのは、岡枝だ。来春、定年を迎える岡枝殺巡査部長。最後の花道として、今回の捕り物を仕切る役目を任されたことがわかる。たぶん、松元の判断だろう。

「いい加減、観念しろ。九条豊海っ」

岡枝が普段の温和な顔を豹変させた。

「てめえの悪事がいつまでも通用すると思うなよ。全ては、お前をここにおびき寄せるために仕組んだことだ。最後の始末を墓地でつけられるなんてのは、あんまりできすぎでちょっと笑えるがな」

そういって岡枝は本当ににやついた。ぞっとするような笑みだった。

「無駄な抵抗はやめて大人しくしろ。見てみろ。お前の仲間はとっくに観念しているぞ」

九条豊海がちらりと然を見返った。蕗も見た。

白澤然は、ふくよかな顔を醜く歪め、愛らしいチャウチャウとは似ても似つかぬ悪鬼の顔に変わっている。顔じゅうを汗塗《あせまみ》れにして、半開きの口から涎を流し、真っすぐ妹の顔を睨みつけていた。然の後ろと両脇にも刑事が近づく。ぶ厚い手にはまだしっかり黒い手帳が握られていた。

「兄さん、その手帳が本物かどうか、確かめてみたら？」

蕗が声をかけると然の目はいっそう怒りに燃え上がる。それでも好奇心が勝ったらしく、手帳をゆっくり胸元まで持ち上げると、栞《しおり》が挟まれているページを開けた。

「くっそおっー」然が手帳を地面に叩きつける。そして墓石の向こう側にいる蕗へと両腕を伸ばした。同時に刑事らが躍りかかる。武器も持たない然は、あっという間に取り押さえられ、大きなゴミ袋を押しつぶしたときのような軋《きし》んだ悲鳴だけが聞こえた。

一方の豊海は諦め悪く、ナイフを振り回し続けている。まるで子どもが駄々をこねるかのような暴れようだ。岡枝が少し墓石の方へ寄る。佐久間と尾上が、「岡さん、下がって。俺らが」と助け船を出そうとしたとき、岡枝の手からなにかが放たれた。

それが豊海の顔にまともに当たった。痛みに加えて水が目のなかに入ったらしく、目を瞑ったままふらついた。そこへ岡枝が突っ込んで、腹にしがみつく。尾上が飛ぶようにして襲いかかる。佐久間や所轄刑事らも、どうとなだれ込んだ。瞬く間に豊海は地面に押し倒され、刑事らにのしかかられて姿が見えなくなった。

踏み荒らされた地面には、ステンレスの花立てが転がっていた。

「大丈夫ですか」

いつの間にか福屋がすぐ側にきていて、墓石のあいだに挟まっている蕗に手を貸そうと手を差し出した。

「ええ、大丈夫」

素直に引いてもらって通路に出る。

手錠を嵌められた豊海が、連行されて行く。それを見た然が吐き捨てるように、「役立たずめっ」と唾を飛ばした。

そんな然を刑事が三人がかりで引きずる。不貞腐れた顔でこちらに向かってくるのを待った。然の歩調が乱れたのに気づいた福屋が、素早くガードするようにぴたりと寄り添う。

然は手錠を嵌められたまま、足を止めず、蕗をちらりと見ることもなく通り過ぎた。最後を歩く所轄の刑事が、拾った手帳を福屋に手渡した。それは尾上らが先回りして仕込んだダミーの手帳だ。刑事の口元が弛んでいるのを見て福屋がページを開いた。そこには蕗が頼んで書き込ませてもらった一行がある。

『お前の左足を撃つために、妹が拳銃を握り続けていることを忘れるな』

福屋は笑い損ねたように唇を歪め、怯えた目の色で蕗を見つめた。

哀しげな目よりはずっと良かったと思った。

22

平於兎が襲われ、そのすぐあと蕗は取調室で聴取を受けた。

途中、佐久間と尾上が入ってきて、最初から蕗を怪しんでいたと告げられたときは驚いた。

『一番初めに、白澤に気をつけておけといったのは班長だけどね』

そういったあと、佐久間と尾上が揃って、にたりと笑うのを見て全身の力が抜けた。

蕗は平於兎との関係を含め、その夜の襲撃事件について語った。そして、佐久間から問われて、

『証拠品保管庫からお金を着服しました』と白状した。

このひと言を吐いたときはさすがに、これまで生きてきた全てが無駄になった気がした。まるで自分は最初からこの世に存在していなかったかのようにも思えた。けれど悔しさと恥ずかしさを感

じる暇は与えられず、反省の弁も聞いてもらえないまま、話を続けろと佐久間にいわれる。

尾上はじっと壁にもたれたまま、蕗を見つめていた。

それから竹河に小曽根を紹介してもらったこと、小曽根に脅されたこと、小曽根のマンションに忍び込み、遺体を発見したことを淡々と感情を込めずに話した。

全てを聞き終えると、佐久間は納得したように二度頷いた。軽く、監視窓を振り返ったあと尾上にも合図する。佐久間は椅子を元の位置に戻し、蕗と正面で向き合った。そして声を低くして告げた。

『今、向こうには班長と岡枝さんしかいない。所轄の人間は誰も、この話を聞いてはいない。もちろん、録音もしていない』

え？　という顔をすると、尾上が側に寄って耳元で囁く。多くの女性Sから親しまれ、聞き込みでは相手が女性なら間違いなく情報を手に入れるという、耳心地のよい声だ。

『お前がしたことについて、今は取り沙汰しないってこと。まずはホシを挙げる。それが先決だと班長は決めている』

それから狭い取調室で、松元班だけによる捜査会議が始まった。

監視窓を挟んで向こう側とこちら側という隔てはあっても、同じ空気を共有している感覚はあった。

然と豊海が共犯関係であるとの推理には自信があった。

『だけど豊海には於兎を襲ったときのアリバイがあるぞ』

『それについては考えがあるので、あとで確認させてください』

『わかった。それで二人の犯行だとする証拠は？』

『残念ながら物証はほとんどありません』

蕗の言葉に、佐久間も尾上も口を引き結ぶ。

『無謀かもしれませんが、おびき出す作戦を許可してもらえませんか』

尾上が、『出た。白澤の無茶ぶり』と笑いを含んだ声でいった。佐久間が眉間に皺を寄せ、『お前を信じることが前提になる』と告げたので、蕗も尾上も黙り込んだ。

佐久間が立ち上がって部屋を出て行った。そして一分もしないで戻ってきた。

珍しく佐久間の顔に表情があった。蕗は安堵の息を吐き、そして尾上と視線を交わして、お互い口元が弛むのを堪えた。

23

最初に怪しむきっかけとなったのは、平於兎へのショートメッセージだ。誰が、彼女の電話番号を知り得るか。

捜査本部の人間でも、容疑者にもなっていない於兎の番号を知ることはできない。働いていたファッションヘルスでは、店のスマホを貸与していて私物の番号はわからないという話だった。

事件関係者で知っているのは蕗だけ。小曾根が横領をネタに脅しをかけてきたとき、於兎のスマホからかけてきたからだ。今思えば、於兎はそのとき既に、蕗が日ごろ両親から気をつけろといわれていた白澤家の女だと知っていたのだ。もしかすると、小曾根を煽って脅すように仕向けたのも於兎かもしれない。小曾根の横で、蕗が怯え戸惑う声を聞いて喜んだのだろう。わざわざ於兎のスマホでかけさせたのは、蕗の履歴が残ることでいずれなにかの役に立つと考えたか。

とにかく、蕗のスマホには於兎の履歴があるが、ロックをかけているし、誰かが勝手に見ることはできない。だからこそ蕗に、於兎へショートメッセージを送って呼び出したという嫌疑がかかったのだ。

だが着替えをしにアパートへ戻りかけたとき思い出した。もう一人だけいる。於兎と連絡を取り交わしたことのある人間が。

白澤然だ。

父が亡くなって、火葬するためには届け出をしなくてはならない。そのために、於兎はなんらかの方法で然の居場所を突き止め、連絡してきた。然のスマホにも、於兎の電話番号の履歴が残っているのではないか。そう考えた瞬間、あらゆることが歪みながらも見えてきた。

過去に蕗がなした恐ろしいことを口にし、そして慰め、また父親の心が離れていた事実を告げた。蕗はなにも悪くないといって涙を流し、もっと早く父の愛人もお腹の子も死んでいなかったことを教えてやれば良かったと悔いた。これまでのことについて謝罪し、土下座をして求めた和解。

だが、逆に考えれば二十一年ものあいだずっと黙っていたのだ。なにひとつ真相を知らせず、蕗が悔いて悩んでいたことを知りながら見て見ぬ振りをしてきた。心に暗い負い目を持っていることに加えて、ことあるごとに足の怪我の後遺症を見せつけ、蕗の心を揺さぶり続けた。金銭をたかり、蕗自身まで金を稼ぐ手立てにしようと考えた。そんな兄なのだ。

平母子が生存していたことを聞かされたときから、然にいっそうの疑いを抱いた。そこにひとつのワードが引っかかった。『微塵もない』

蕗にとってはいつの間にか耳に馴染んでいた言葉だった。

およそ、賭け事にうつつを抜かし、仕事も満足にしてこなかった兄が使うような言葉とは思えなかった。それが何度も出てきた。そして、その言葉を癖のようにして使う人間が身近にもう一人いる。

ショートメッセージで於兎を呼び出し、足が速く、身の軽い男が於兎を襲撃した。段取りをしたのが兄だとしても、実行犯は別の人間だ。それが誰なのかと考えたとき、ひとつの顔が自然に思い浮かんだ。

九条豊海。白澤然と豊海は共犯ではないか。そんな突拍子もない疑いが湧いた。

豊海と然は、二人して小曾根の手帳を狙いつつ、蕗を貶めようと企んだ。その過程で豊海への疑いを払拭するために、自宅を荒らされた風まで装った。

「あれは、然の仕業だと思います」

あのとき、母親の遺骨まで粉々にされたのは予定外だったのではないか。豊海が怒りに目を赤くしたのは、芝居には見えなかった。豊海にとっては、母は唯一の身内で大切な存在だった。その分、小曾根への憎しみがあった。殺害動機は手帳という金のなる木を手に入れることと、母と自分を捨て、そのせいで人生を狂わされたことに対する恨みだと思った。だから、部屋を荒らした然はやり過ぎたし、あとで豊海は文句をいっただろう。

そこまで考え抜いて、蕗は思ったほどの動揺がないことに気づく。いっときは豊海に対し、好感以上のものを抱いた。だが、事実が見えなくなるほどのめり込むことはなかった。目に見えている姿とは別の顔を想像するだけの、醒《さ》めた部分があったのは確かだ。それが蕗という女の生まれ持っての特性なのか、育った環境のせいなのかはわからない。

ただ、蕗の胸には、まるで幼子が大切なビー玉を砂浜で失くしてしまったような、途方に暮れた気持ちだけが残った。

豊海には於兎襲撃のときのアリバイがあるとされた。

現場から離れた熊谷市にある個人宅の防犯カメラに映っていたと聞き、蕗はある疑いを抱いた。その家の誰かは以前、デリヘル嬢をしており、その送り迎えは然がしていたのではないか。然と知り合いで、親しく口を利く間柄だったのではないか。蕗はランニングの途中の振りをして、玄関先で家人が出てくるのを待った。

やがて見送りに出てきた妻らしい女性に蕗は、夜の世界で働く人間の振りをして声をかけたのだ。風俗系の店舗の名を挙げ、デリヘル関係の名称も羅列《られつ》した。綺麗に身づくろいした新婚らしき妻は、たちまちその顔を引きつらせた。あまつさえ余計なことはいうなと脅しまがいのセリフまで吐いた。

女性の態度で、蕗の疑惑が正しいという確信を得た。

もちろん、裏取りは佐久間らがきっちり行った。然の勤めているデリヘルの事務所に行って、その家の主婦が、半年ほど前に勤めを辞めて客の男性と結婚していたことを確認した。それらを元に追いつめ、然が逮捕されたことを告げると女性は全てを白状した。

デリヘル嬢をしていたとき、然と関係を持った。そのこともあって、然に頼まれるまま、自宅の防犯カメラの映像をすり替えたのだ。豊海が玄関前で吐いている姿の映った映像で、於兎を襲撃した日時に修正したものに。もちろん、そんな器用な真似が然にできるわけがなく、全て豊海がしたのだろう。本人は、大学に行く機会がなかっただけで、県立大学を中退した於兎よりも頭がいいという自負を持っていた。

その後、アパートに戻った蕗は然を誘い出した。

手帳を探す手伝いをしてくれと頼めば、必ず応じると考えた。慎重な佐久間は、然が一人で奪おうとするかもしれないといったが、蕗は首を振る。足が悪いところにみっともなく太ったせいで体力は昔ほどではない。蕗が刑事になってからは、腕力では敵《かな》わないと思ったのか、乱暴な言動は全くしなくなっていた。

「間違いなく豊海が襲ってくる筈です」

蕗はそう強く進言した。

佐久間と尾上、そして岡枝と松元がじっと視線を注いでくるのを意識し、毅然とした気持ちで返事を待った。

24

白澤然の取り調べに立ち会うことはもちろん、様子を見ることも許されなかった。

その代わり、九条豊海の方の監視部屋には入ってもいいといわれ、蕗は岡枝と共に監視窓の側に立った。

取調室の豊海は抵抗する気力を失くし、朝の鳥のように素直に歌っていた。

母親と自分を捨てた小曽根への一方的な恨み、そして金。その両方が殺害の動機とあっさり認める。

小曾根が主に公務員相手に金を貸していたこと、それらのことを黒い手帳に書き留めていたことは知っていたかと刑事が尋ねると、豊海は小さく頷いた。

「いつだったか、小曾根の携帯に電話があったんだ。声を潜めるんでかえって聞き耳を立てた。話の様子から、借金の申し込みのようだとわかったよ。ポケットから黒い手帳を取り出して確認して、なにか書き込んでいる風だった。俺が覗こうとしているのに気づいてさっと隠しやがった。あとで酒をしこたま飲ませて、そのときの話を持ち出したら、渋々ながら身元の確かな人間に金を融通していることを白状した」

黒い手帳に貸金のやり取りを書き込んでいると思った。小曾根がアナログ人間であることは知っていたから、たぶん間違いないだろう。その手帳があれば貸した相手によっては、いい金ヅルになるんじゃないかと、そんな風に考えたらしい。

「白澤刑事のことだが」と取り調べの刑事が問う。

「ああ。あれにはびっくりしたな。まさか小曾根を殺した途端、いきなり玄関ドアが開いて人が入ってきたんだからな」

手帳を探している暇もなかったと忌々しそうに呟く。

「それで、どうして忍び込んだ女性が、捜査一課の刑事白澤菭とわかったんだ」

菭を見て、小曾根の客だと思っただろうが、どこの誰かまではわからなかった筈だ。しかも豊海は、自ら警察に出頭した。

それが大きな疑問ではあった。

ふん、と豊海は鼻息を吐く。

「然だよ。然に教えてもらった。あれは自分の妹で、県警本部で一課の刑事をしているって」

「なぜ白澤然が？」

豊海は、なんだ知らないのか、という顔をする。別の取調室で然を尋問しているから、全てわかっているのだろうという風に鬱陶しそうな表情をした。二人の話の整合性を確認するためにも同じ内容を訊かねばならない。

「あいつは碌でもない兄貴だ。妹をずっとつけ回していたんだよ。自分の借金の金をどうやって工面したのか知りたくて、それによってはもっと金を引っ張れるかと考えたんだってさ」

「然が自分の妹を探っていたのか」

さすがに刑事を尾行するのは無理がある。然はまた引っ越しなどされて、捜し回る羽目にならないよう、蕗の身の回りのものにこっそりGPSを装着していた。そういえば、と蕗は思い出す。金をせびるために然が電話をしてきた際、『大手町にある群馬県警本部ってとこだよ。今、そこにいるんだろ』と口にした。そのとき既にGPSはつけられていたということか。悔しさに歯噛みしているあいだも豊海の供述は続く。

「それであのマンションまで行ったらしい。あいにく妹は途中で見失ったそうだが、代わりに俺がマンションの廊下の壁を乗り越えて逃げてきたのを見つけたんだ」

「なるほど。それで今度はお前を尾けたのか」

「ああ。俺は動揺していて、隠れ場所にしていた利根川の河川敷まで脇目も振らずに走り続けたからな。その後ろから自転車がついてきているなんて気づかなかった。然は最初、俺のことを泥棒か痴漢だと思ったらしい」

豊海はアリバイとして、ソロキャンプをしていることにした。実際、一度は山に入ったが事件当夜、人に見られないように下りてきて犯行に及んだ。その後はカメラにも捉えられるわけにはいかないから、じっと利根橋《とねばし》の下で段ボールを布団代わりにして過ごした。キャンプ用品を持っていたから不自由はなかったのだろう。そんな豊海に、然は接触したのだ。

翌日、殺人事件が発覚し、被害者が豊海の出てきたマンションの住人だとわかると、然は悪事に関しては酷く利くその鼻で、豊海が犯人であると察したのだ。

「お前を脅したのか」

豊海はこくりと頷く。

そして全てを白状させられた。その際、入れ替わりに女が忍び込んできたことを告げると、然は喜色満面で、スマホの写真を見せたという。

『もしかしてそれ、この女じゃない?』

驚いて、どうしてそんな写真を持っているのだと尋ねたら、涎を垂らした犬のような顔で、『うん。これ僕の妹。僕のためにお金を稼いでくれる女神みたいな女なんだ』といったそうだ。

蕗はその言葉を聞いて全身が粟立《あわだ》った。

豊海は疲れたように肩を落として、その後の顚末《てんまつ》を語った。

然は、警察の捜査状況を知りたい、蕗がどんな顔で捜査しているのか知りたいから、豊海に警察に出頭しろと命じたのだ。どうせいずれ警察が嗅ぎつけ、容疑者にされるのだから同じだろうと。

しかも。

『捜査協力とかいって蕗につきまとえよ。そんで蕗をたらし込めたら最高だよね。案外、うまくいくかも。刑事なんかやっているせいで男日照りが続いているだろうし。そうなったらこっち側に取り込めるかもしんない』

豊海は青ざめた顔で何度も唇を舐め、指で頬を掻いた。「碌でもない兄貴だと思ったよ。俺のやったことは最低のことだが、然はその最低を栄養分にして肥え太る黒い豚だ」と無理やり笑おうとした。

代わりに笑ったのは蕗だ。これまでの自分はいったいなにを見てきたのか。然がこれほどの悪党だとどうして気づけなかったのか。何度も酷い目に遭っていながら、なぜ、あんな外道を兄だと思い込もうとしたのか。

「ううむ」

隣にいる岡枝が思わず唸る。

「あの男は血も涙もない人間、いや、もはや人としての一線を越えてるよ」と豊海は供述を続ける。然は豊海に、於兎を始末するよう命じたのだ。

「ヘルスの女に気づかれたと思ったから」

ショッピングモールの前の広場で、蕗が於兎と話しているところに豊海は近づいた。於兎が小曾根の恋人だと知って感情的になり、於兎と罵り合った。そんななか、於兎のスマホポシェットにあるビーズウサギのストラップに目を留めたのだ。手作りだと思ったらしい。

『ふん、お揃いのつもりか。小曾根もトラのやつを持っていたな。なるほど、あんたのプレゼントか。でもなんで小曾根が虎なんだ。ウサギとトラって、なんか昔話でもあったかな。バカとボケの騙し合いとか』

於兎に確認したところ、トラのストラップは、小曽根が殺害される直前に渡したものだった。だから、それがあることを知るのは、犯人しかあり得ない。於兎の目が恐怖に染まった。

「そのことを然に相談したら、あっさり、『面倒そうな女だから、いっそ始末しちゃったら？』っていうんだぜ。しかも、アリバイは作っといてあげるから頑張ってよ、とかなんとか、まるでゲームでもするみたいに」

防犯カメラに撮られるとマズいからと、金属バットもニットマスクも然が自転車に乗って買いに行き、元デリヘル嬢に協力を頼んで手筈を整えた。

「俺がしたのは、然にいわれるまま夜中にどっかの家の前で吐く真似をしたことだけ。あとでそのときの防犯カメラの映像を見せられ、うまく編集しろともいわれた」

だが、於兎の殺害は蕗の出現で未遂に終わった。然は酷く気分を害したらしい。聞くに堪えない言葉で妹を罵り、怒りの果てに、蕗も殺してしまえとまでいったのだ。

「いいのかって何度も訊いたんだ。そうしたら、あの然って男」

そういって、豊海は汚いものでも見てしまったように顔を歪めた。そして、黒目を揺らしながら、そのときの然の言葉をそっくり繰り返す。

『いいよ、いいよ。刑事になったときはいつか役に立つかと思って我慢してたけどね。あの様子じゃその警察も馘になるだろうし。体を売らせるには年増になり過ぎて使えないしさ。だいたい、いつも偉そうに説教しやがって、マジ頭にきてたんだ。僕の財布になってくれない妹なんてのは、もはや不用品だよ。要らない、要らない。燃えないゴミみたいなもんだからさぁ』

いや、火葬場でなら燃えるか、と腹を揺すって大笑いしたと豊海はいった。とにかく、今度こそしくじらないでよ、と感情のない目で睨まれたらしい。デリバリーの途中で買ったナイフを手渡されながら。

そんなとき、蕗から墓地まで手帳を取りに行くのを手伝ってくれといわれた。然は絶好のチャンスだと、すぐに豊海に連絡し、新前橋に向かうからあとをついてくるよう指示した。そして墓地で手帳を手に入れたところで、豊海に蕗を襲わせた。

岡枝の視線が痛かった。父親が傷ついた娘を労《いたわ》るような、憐れむような、そんな目をしているとわかっていたから。


蕗が取調室で全てを白状して以降、松元班長と顔を合わす機会はなかった。然と九条豊海が逮捕されたあとも、姿すら見かけることはなかった。

事件が大方片づき、松元班が県警本部に戻ることになった日、ようやく松元が蕗の前に現れた。ひと言だけもらった。

「監察の調べがあるだろうから、それまで謹慎だ」

優しさの欠けらもなかったが、同時に部下に裏切られたことに対する怒りや悔しさもその顔にはなかった。単にひとつの指示を出したという感じだった。

捜索の終わった蕗のアパートは、少しだけ乱れていた。

尾上と佐久間が気を遣ってくれて、ある程度、元に戻してくれたのだろう。下着を入れている引き出しを開けると、ショーツやブラジャーが綺麗に畳まれているのを見て笑った。きっと尾上だろう。普段から妻の洗濯物を畳んでいるのがわかる。

蕗は、ソファに座ってしばらく目を瞑る。一時間ほどそうしていただろうか。ゆっくり起き上がって、鍋にお湯を沸かしてインスタントコーヒーを淹れた。時間をかけて飲み干す。

カップをテーブルに置くと、スマホを手に取って電話をかけた。

長いコールのあと応答があった。つっけんどんな応対をされたが、会って話したいというと、すんなり応じてくれた。

謹慎中だから外出は控えなくてはならない。だが、逮捕状を出されたわけでもなく、監察からの呼び出しを待っているだけなので見張りがついているわけでもない。実質、自由にしていて構わないということだ。

それでも目立つことはしたくないし、防犯カメラに映ることも避けたい。すっかり犯罪者心理が沁《し》み込んでいる、と卑屈に笑う。

ランニングウェアを着てキャップを目深に被った。頭の怪我はほとんど治っているが、少し痛みが残る。無理をせず、ジョギングのペースで行くことにする。

病院まで、ここからだと五キロもない。十分、約束の時間には間に合う筈だ。

入院棟の五階のフロアの南端には、フリースペースがある。

面会の客と患者が心置きなくお喋りしたり、スマホやパソコンを使ったりすることができるエリアだ。なかには、病院食が口に合わないのか、コンビニで買ったらしい弁当をかき込んでいる患者もいた。

南側に面しているので、日中は陽が射して明るく、暖房がなくても暖かい。テレビの音が小さく聞こえて平和なひとときを感じさせる。昼を過ぎたばかりだからか、面会客はおらず、弁当を食べている患者と平於兎が、いくつかある丸テーブルに着いている。そして於兎は手にスマホを持って、神経質そうに指先を動かしていた。

蕗は、その様子を廊下の角から覗き見て、背を向けた。

於兎は順調な回復を見せ、間もなく退院すると聞いた。入院中は、刑事から色々聴取されて鬱陶しかっただろう。小曾根の殺害については関与していないことが証明されたし、たとえいくつかの事実に対し黙秘を通したからといって、厳しく責められることはなく、何度も呼び出しを受けることもない筈だ。

いくつかの事実——。

高崎市にある平家の墓の前でいったいなにをしていたのか。小曾根から本当に手帳を預かっていないのか。前者については黙秘し、後者については否認した。

蕗が取調室で一人取り残されているとき、岡枝がこっそりやってきて色々教えてくれたのだ。最後に、『諦めるのは早いぞ。白ちゃん』といって目を細めた。岡枝がどういう意図でいったのか、すぐにはわからなかった。だが、ベテラン刑事が出て行く間際、例のぞっとするような笑みを浮かべたのを見て、なにかが腑に落ちた気がした。

岡枝は長く刑事を務めた、いわゆるその道のプロだ。現場を離れるのが嫌だからと警部補への昇任試験もおざなりにしてきた。多くの犯罪者を捕まえて刑務所に入れた功績は、県警でも語り継がれるだろう。だが、その全ての事案において、警察官に与えられた強権を一片の疚しさもなく正当に行使してきたかといえば、それはたぶん違う。

今でこそ、警察官による越権行為、過剰な取り調べ、手続きを無視した振舞いなどは厳しく戒められている。ただ、岡枝が刑事として働き盛りを迎えていたときは今とは違っていたのではないか。相当無茶もしただろうし、それこそ法すれすれ、一線を越えることもあったのではないか。

いつだったか、松元が被疑者を痛めつけたという噂の真偽について尋ねたとき、岡枝はにっと笑っていった。

『わしなら、人間に生まれてきたことを後悔するまでやっただろうな』

そんな岡枝が、諦めるなといった。

蕗は考え、監察から呼び出しがくるまでの短い時間に動くことを決めた。


於兎は察しがいい。

蕗が病室に忍び込み、床頭台《しょうとうだい》にある作りつけの金庫の扉を開けたところで、ドアをスライドさせ、息せききって現われた。なにを企んでの面会の約束なのか気づいたらしい。於兎は病院が支給しているシンプルな寝間着を着ていた。てっきり、派手な透けたネグリジェでも着込んでいるかと思ったが、もしかするとあいうのはあくまで仕事上のもので、実際の好みではないのかと、なぜかそんなことが頭を過る。怪我はずい分と回復したらしく、額にガーゼを当てている程度だ。

「なにコソ泥みたいなことやってんのよ」

化粧っけのない一重の地味な顔が怒りに歪む。金色の髪は色落ちが進み、半分近く黒髪に戻っている。そんな有様でも、元の黒髪は艶を失わず、烏の濡れた羽の色に輝いていた。

「うん、自分でも驚いているんだけど、既に一回やっているからか、抵抗感はあまりないのよね」

「ざけんな。あんた警察官じゃないの。ああ、それとももう馘になった？」

蕗は外国人のように首を振りながら、肩をすくめて両の掌を上に向けてみせた。

「その件については時間の問題だと思う。恐らく懲戒免職、良くて依願退職。更には刑事訴追のおまけもついてくるかもしれない。でも、まだ諦めるのは早いと思っている」

「往生際の悪いバカ女」

於兎は大口を開けて笑う。その口がふいに固まり、一重の目が二重のように見開かれる。

「ちょっと、それっ」

叫びながら於兎は飛びかかってくるが、蕗はとっくに予想していたのでベッドの上を転がるようにして向こう側へと逃れた。於兎が、「泥棒っ、返せっ」と叫ぶ。

「よしてよ。これは小曾根のものでしょ。あなたも同じ泥棒じゃない」

「違う」

「違わない」

「あたしは盗んだりしない」

「小曾根があなたに譲ったとでもいうの？」

「そうじゃないけど、小曾根ちゃんがいつものようにあたしの部屋に置いていったから。小曾根ちゃんが死んだら、それはもう、あたしが好きにしていいもので」と段々、自信がなくなってきたのか、言葉尻が弱くなる。

「笑わせないで。どこにそんな解釈があるっていうの。県立大学が泣くわよ」

ぎりぎりと目が吊り上がる音が聞こえそうだ。その顔をじっと見つめながら、蕗は、金庫のなかに収まっていたオレンジ色の合皮でできたスマホポシェットを胸元まで引き寄せた。

盗犯係で培った金庫を開ける技術をもってすれば、床頭台にある引き出し型金庫など、鍵があってないようなものだ。十秒とかからず開けることができた。そこには、スマホの入っていないポシェットがひとつ大事そうに入れられていて、蕗は自分の勘が正しかったことに笑んだ。

さすがに病院で肌身離さず持っている必要はないと思ったのだろう、それとも入院着ではポシェットをすればかえって目立つと考えたのか。於兎はスマホだけを手にしてフリースペースに出て行った。

その様子を見て、蕗は病室に忍び込んだのだ。事件の参考人が襲撃され、被害者となった以上、大部屋に入っている筈はない。個室だからこそ、於兎も安心してポシェットを体から離したともいえる。

蕗は、合皮で作られたポシェットの隅々を指先で丁寧に探った。合皮のわりには全体的に硬く頑丈に作られている。底の部分に厚さがあり、工具のひとつを使って縫い目を解いた。

なかから小さなSDカードが出てきた。それを指先に挟んで、於兎へ見せる。怒りに燃えた目は、これ以上ないくらいに広がり、鼻の穴は膨らみ、額には汗も滲む。怪我をしたところに響かなければいいがと、要らぬ心配をしてあげる。

「あなたは両親のお墓の前で、スマホのSDカードを新しいものと入れ替えた。そして手帳のページを切り離してスマホで撮り、終われば次々に燃やしていった。SDカードは、あなたが作った合皮のポシェットに隠し、周囲にはスマホに情報があるかのように、さも大事そうに扱った」

捜査陣が血眼になって探しても手帳は見つからなかった。於兎の部屋には万が一盗みに入られても大丈夫な、厳重な隠し場所は見当たらなかったし、小曾根が自宅で襲われたことを考えれば部屋のなかが安全だとは決して思わないだろう。若い女性が大事なもの、それも手書きの文章を隠す場合、スマホを使わない手はない。写真に撮って保存しているのではと誰もが考えるし、実際、於兎はスマホをポシェットごと肌身離さず、持ち歩いていた。

いつも於兎の側にあったポシェットだったから、じっくり観察する機会があった。市販のものには見えなかった。ビーズウサギのストラップを作る於兎だ。手先が器用だと考えていい。それならポシェットもお手製かもしれないと思った。とすれば——。

スマホが隠し場所ではなく、それを入れるポシェットこそが本当の隠し場所ではないか。

於兎と豊海が揉《も》めて、腹を立てた於兎が蕗に向かってポシェットを振り回そうとしたことがあった。だが、ふいに止めて、直接手で殴るやり方に変えた。あのときのポシェットのなかにはスマホは入っていなかった。なのに於兎は急に手を止めた。そんなことをしてなかのSDカードが傷んではいけないと咄嗟に思ったからだろう。

「悪いけど、これはいただくわ」

「なにするのよ。小曾根ちゃんみたいに誰かを脅して金をせしめる気？　大した刑事だこと。やっぱり、父さんがいった通りだった。お腹の赤ちゃんごと平気で殺そうとするような恐ろしい女だ」

さすがにこのフックは効いた。於兎にすればとっておきのパンチだったろう。

目尻が痙攣するのを抑えられなかった。於兎を睨んだまま、大きく深呼吸する。顔が赤くなっていないことを祈りながら、落ち着いた声で返した。

「あなたのお母さんにしたことは謝るわ。本当にごめんなさい」

そういって蕗は頭を下げた。於兎が鼻息だけで応じるのが聞こえる。

「たとえ子どもだったとはいえ、あれは間違いなく犯罪。母の妄執に父が逃げ出したのも、今なら理解できる。そしてあなた達親子が無事に生きていてくれたと知って、心から安堵したわ。これは本当の気持ちよ」

「それがなんだっていうのよ。あんたら親子のせいで、あたし達はずっと隠れるように暮らしてきたんだ。あんたのまともじゃない母親さえいなかったら、両親は結婚できただろうし、父さんも本当の名前でちゃんとした仕事にも就けた」と叫ぶようにいう。

「そうかもしれない。だけど、それを許す妻でないことを一番良く知っていたのも父なのよ」

だから住民票も移さず、名前を変えて、於兎母子と共にひっそりと生きる道を選んだ。そんな父も母も、もう鬼籍に入《い》った。この世に残っているのは、於兎と蕗と然だけ。子どもらだけだ。

「あんたのことを血の繋がった姉だなんて思ったことは一度もない」

於兎の目がウサギのように赤く染まる。

「それを返せ。でなけりゃ、泥棒だと騒いでやる」

蕗は首を振った。「いいわよ。好きにして。もう、わたしは処分を待つばかりの身なのよ。この上、窃盗が一件加わったところで大したことじゃない。もっとも取り返される前に、今度こそ見つからないところに隠すけどね」と、笑ってみせた。於兎が顔を真っ赤にして唸る。

蕗は、破ったスマホポシェットを投げ返してから、強い口調で告げた。

「わたしはまだ諦めたくないのよ」

於兎が睨み返す。「なにをよ」

「警察官でいることも。正しい人間でいることも」

「はぁ？　散々、悪行をしてきたくせに、それいう？　笑わせる」

「だから、そんな過去を帳消しにするくらい、今まで以上に誰かのために正しいことをしたいと思っている。小学生のときに罪を犯してからずっと思い決めてきたことだけど、これからは、もっとずっと強い気持ちで貫いてゆくつもり。これまでと違うのは、これを使って幅広く柔軟なやり方をするということだけ」といって、指先に挟んだＳＤカードを見せた。

だから、といったあと言葉を切り、しばらく沈黙する。於兎が怪訝そうに、三白眼で見つめてきた。

「だから」と目を上げ、於兎の一重の目を覗き込んだ。「もし、手を貸してもいいと思ったなら、いつでもわたしと組んで……」

最後までいわせず、「は。あたしがあんたと？」と於兎は目を剝いた。けらけらと笑い飛ばす。そして、大きな胸を上下させると、憐れむようなため息を吐いた。

「天地がひっくり返ってもあんたなんかと組むか。碌でもない白澤の人間と一緒にするな」

「うん、無理にとはいわない。でも、これだけはいわせて」

「なによ」

「どれほどおぞましく思おうとも、あなたとわたしは血の繫がった姉妹だから」

枕が飛んできた。素早く横によける。蕗にとって然という兄がそうであったように、この於兎にとっても蕗は疎ましい存在になるのだろうな、と思った。

苦笑いする蕗に、於兎が最後の反撃に出る。

「あたしの源氏名はウサギ。でも、於兎はウサギのことじゃないのよ」

なんの話？　と蕗は微かに目を開いた。

「於兎というのは虎のことを指すのよ。白澤家の悪鬼らに対抗できるようにと、父さんが祈りと希望を込めて名付けてくれた。あんたを食い殺す虎になるようにってね」

小曾根の部屋にあったトラのストラップ。あれは於兎の分身だったのか。

そうか、虎なのか。兎《うさぎ》の名を借りた虎。白澤の女達を食い殺す虎だ。

くすくすくす。笑いながら、目尻の涙を拭う蕗を於兎は気持ち悪そうに見つめる。蕗は、なにもいわず、ドアをスライドさせて病室を出た。

25

あまり時間がない。

処分が出る前にしないと取り返しがつかなくなる。蕗は焦る気持ちと、これから始まるやり取りを想像して冷や汗に塗れた。緊張するな。何度もそういい聞かせる。

美容院に入ったのを見て、すぐに蕗も自動ドアを潜った。

「いらっしゃいませ」

ざっと見渡し、奥の椅子に座る姿を認めて、「知り合いなの。隣に座らせて」と頼んだ。

若い女性スタッフは明るい色の目を輝かせ、「まあ、そうなんですか。偶然ですね。どうぞこちらへ」と案内してくれる。

大きな鏡に向かって、こんにちは、と頭を下げた。

椅子に座ってケープをかけられた顔が、ショックを受けたように強張った。けれど、それもすぐに消えて、なにげない笑顔で、「あら、驚いた」と答える。

短い挨拶のあとは、お互い美容師と会話を楽しんだ。蕗を担当してくれた男性は、いつもいわれる褒め言葉を口にする。

「凄く綺麗な髪ですね。ちょっとないくらい艶があって張りもある。今まで見たなかで一番かも」

そして梳いていた櫛を止め、「あれ、どうしたんですか、ここだけ短い」と尋ねた。

まさか殺人犯にナイフで切られたとはいえないから、ちょっと姪《めい》っ子に悪戯《いたずら》されて、と笑ってみせた。美容師も、わかるわかるという風に目を細める。

「子どもにハサミとか持たせられないですよね」

「ホント、危ないわ。姉が旦那さんの浮気に怒って色んなものを投げつけたら、姪っ子がそのなかの花鋏《ばさみ》を拾ったのよね。すぐに取り上げようとしたら、逆に切られちゃった」

「ええっ。花鋏ですかぁ？　それは怖いなぁ。お姉さん、よっぽど怒ってたんですね」

「そうなのよ。普段は頭が良くて、気のいい親しみやすい人なんだけどね。怒ると怖いのよ」

「ははは」

竹河がいった。

『今は女だ、男だなんて関係ない。手柄を立てて、しっかり働けば幹部にもなれる』

そしてこうもいった。

『昔一緒に働いたことのある刑事課の上司なんか、着々と昇進を重ねて今や押しも押されもしない大幹部さまだ。ほら、お前もよく知る』

そこで話は途切れたが、その後、気になって調べてみたら、竹河が刑事になり立てのころ、所轄の刑事課で世話になった上司がいた。頭が良く、男ばかりの刑事課で肩肘張ることなく、周囲に親しまれ、信頼された女性係長。その後、手柄を立て、昇任を繰り返して警視にまで昇りつめた。今は本部で第一線の刑事を仕切る立場だ。

高桑祐里捜査一課長。

そんな祐里は癖のある刑事や犯罪者には強気で対峙《たいじ》できても、こと恋愛では無垢《むく》な少女のようなところがあった。恋に落ちた相手が妻帯者で、しかも相手の妻にバレて修羅場となった。話し合いはこじれて、相手に怪我を負わせてしまった。なんとか和解に持ち込み、金で話をつけることができたが、予想外に高い金額をふっかけられて困り果てた。

竹河に相談し、蕗と同様、小曾根を紹介してもらって急場を凌《しの》ぐことになった。だがそのせいで、小曾根に脅されるようになり、何度か刑事部のことだけでなく、県警本部の情報を漏らす真似をした。

その事実を蕗は、於兎から奪ったSDカードのなかに見つけた。カメラで撮った手帳には、借主に関わるスキャンダルや犯罪行為まで克明に記されている。見つけ出したときは驚きよりも、思っていたものが手に入ったという安堵に包まれた。

竹河が、松元の尋問を受けていたとき、思わず監視窓を窺ったのは、蕗を思ってのことではなかった。世話になった祐里に迷惑がかかってはならない、本部の一課長が小曾根の客であったなどということが知られてはならない。なんとか踏ん張り、そう心に決めて窓越しに、大丈夫だと伝えようとしたのだ。

祐里が小曾根の客だとわかったとき、小曾根に頼まれて蕗のことを調べたのは祐里かもしれないと思った。一課長なら刑事部で起きることなら、どんな些細《ささい》なことも知ろうと思えばできるだろう。今さら、どうでもいいことだが。

とにかく祐里に、小曾根の手帳の中身が入ったSDカードが、蕗の手にあることを知ってもらえればいいのだ。それを交渉のネタにする。

祐里が不倫相手の妻を傷つけたのは、花鋏だった。鏡のなかの祐里は、にこやかに美容師と会話を楽しむ風でいて、こめかみがぴくぴく震えているのが見える。ちゃんと伝わっていることを知った。

シャンプーをするため、祐里が椅子から立ち上がる。一緒にシャワーコーナーに入った。

「気持ちいいですよね、こうして人に洗ってもらうのは」

蕗がいうと祐里も、「本当よね」と笑む。

「わたし、ずっとこうしていたいです。今まで通り、なにも変わらず、この先もずっと」

「椅子、倒しますねー」美容師の声に合わせてゆっくり背もたれが倒れる。隣では同じように祐里が傾いていくのが見えた。

僅かに頷いて見えたのは見間違いではなかっただろう。

監察課に呼び出され、事情聴取を受けた。その後、戒告という処分がなされた。

処分理由は、小曾根彬の遺体を発見したにも拘わらず、その報告に遅れを生じさせたこと、その一件についてのみだった。

被害者が異母妹の恋人であったことから、個人的な感情に突き動かされ、単独で犯人を捕縛せんと報告するのを躊躇ったが、その後、考え直して速やかに一課長にその旨を伝えている。また、捜査に熱心に取り組んだことは、被疑者の逮捕という結果を出したことでも明らかである――という情状理由が受け入れられて、軽い処罰ですんだ。

ただし、来春の定期異動を待たず、県警本部刑事部から所轄刑事課への異動となることも併せて伝えられた。

結局、小曾根の手帳も借用書も発見されず、その存在すらなかったかのように闇に葬られる形となった。祐里が強引に締めくくったのか、もしかするともっと上からの働きかけがあったのかはわからない。手帳に書かれていた名前には、蕗が知る者もいたし、聞いたことのない名もあった。ほとんどが公務員で、役所から消防、警察、検察、果ては裁判官や議員まで幅広く実名で残されていた。

於兎がいうように、小曾根は脅しが本分ではなく、金を融通し、応援したいという気持ちの方が大きかったのだろう。そのお返しにちょっとした情報や、手心を加えてもらいたいと思っただけなのかもしれない。だがいわれた方は、脅されたと思う。

於兎はどうか。態度やいい分からすれば、小曾根と同じ真似をする気はなかったように思えるが、内容をSDカードに収めて隠そうとしたことから、いずれなにかに利用しようと考えていたのは明らかだ。県立大学を中退し、ファッションヘルスで働き、祖父のような年齢の小曾根の恋人になったとしても、平於兎は生きているし、これからも生きていかなくてはならないのだから。

そして高桑祐里捜査一課長もまた。

私生活ではしくじったかもしれないが、課長としての手腕は誰もが認める。小曾根が殺害されるという、自身の身も危うくなりそうな事件であったが、祐里は立場を利用して事件を闇に葬ることはしなかった。なかったことにできないまでも、自分に都合良く捜査をねじ曲げることはできただろうに、そうはしなかった。雛壇から捜査本部の刑事らに発破をかけ、事件の早期解決を目指した。

蕗に、刑事としてのチャンスすら与えてくれた。九条豊海と行動を共にした件でも、無謀なことと承知の上で許可してくれたことからもわかる。それについては、捜査本部長として逸脱した行為だと、祐里自身も部長注意を受けている。

エピローグ

「いらっしゃいませー」

ドアが開く気配で振り返った笑顔は一瞬で凍りつき、次第に鬼の形相へと変化していった。

「なにしにきたのよ」

平於兎は四角いトレイを持ったまま睨みつけてくる。この店のユニフォームなのか、白シャツと黒のスリムパンツにシンプルな黒いエプロンを合わせている。染めることを止めた髪は漆黒で、店のＬＥＤライトを全て呑み込んだかのように艶やかに輝いていた。

「あら、食事をしにきたに決まっているじゃない。ここはイタリアンレストランでしょう。人と待ち合わせているの」

そういって奥の方へ首を伸ばしてみせた。

「あ、いるわ。あそこの席だから、メニューを持ってきてくれる？」

於兎が隅のテーブル席を振り返って歯噛みする。そして二つに分けて結んだ髪を上下に揺らしながら、厨房《ちゆうぼう》の方へと戻って行った。

「お待たせしました」

蕗は椅子を引いて向かいに座る。メニューを覗いていた高桑祐里が顔を上げ、お魚がないわね、と呟いた。

「そうですか？　あ、これ。アクアパッツァはお魚料理ですよ。焼き鯖定食ほどではないですけど、おいしいですよ」

「そうお？　じゃあ、それにしようかしら」

於兎がわざとらしく足音を立てながらテーブルに近づく。メニューを突き出し、水の入ったグラスを乱暴に置いた。

祐里が不思議そうな目を向ける。

「もしかして、この方が妹さん？」

「そうです」「違います」

声が重なったが祐里は気にせず、「可愛らしい人ね。お姉さんと違って優しそう」という。

「課長、それってどういう意味ですか」わざとむくれた顔をする。

祐里は、肩こりをほぐすように首を左右に傾げ、うふふふ、と笑う。そして、アクアパッツァを注文する。一人では多いので蕗も一緒に食べるが、好物も頼みたい。

「唐揚げはないの？」

「ないに決まってるでしょ。ここはイタリアンなんだから」

「あら、これ。チキンカチャトーラっていうのがあるわよ」

祐里が指差すのを見て、蕗は、「これにするわ」といった。於兎は、「唐揚げとは全然違う。トマト煮込みみたいなもんだけど」とちゃんと教えてくれる。

「うん、いい、それで」

ふん、といって於兎は背を向けた。祐里はその後ろ姿を見送って向き直ると、丁寧にナプキンを広げて膝の上に置く。

「ワインだけ先に注文しておいたの」

「ありがとうございます」

「まずは乾杯、かな」

「祝うことはなにもないですけど」

「まあ、お互い無事にすんだということで」

「はい」

そうしてワイングラスを掲げた。小気味よい音が鳴る。ひと口飲んで、ほっと息を吐いた。蕗もナプキンを広げた。

「新しい職場はどう？」と祐里が尋ねる。

「そうですね。悪くはないですけど」

「けど？」

「色々ありそうです」

「ふうん」

祐里がワイングラスの縁を指でなぞる。「今だからいうけどね」

「はい？」

「あなたの異動先、そこを薦めたのはわたし」

口に運びかけていたグラスを止めた。目を軽く開いて、向かいに座る捜査一課長を見つめる。

「ずっと噂があったのよ。良くない噂」

グラスを握ったまま、黙って待つ。

「所轄の幹部が関わっているという話もあって、手がつけにくいとか」

「それって」

「でも、あなたが行ってくれて良かった」

祐里は嫣然《えんぜん》と微笑み、グラスを手に取ると思いきりよく傾けた。一気に飲み干し、ああ、おいしい、としみじみいう。そして目を合わせた。「頑張ってね」

蕗はグラスを持ったまま苦笑いするしかない。

「いらっしゃいませぇ」

於兎の明るい声が店内に響いた。蕗にかけた声とはまるで違っているのを怪訝に思い、出入口を振り返る。

見覚えのある大きな体がドアいっぱいに広がっていた。

「あ」という声が思わず出た。

福屋は、蕗と祐里を見つけて足を止め、困ったように頭に手を当てる。そこへ於兎がぶら下がるようにしてしがみつく。

「いいから。こっちにきて」

腕を取り、強引に店の隅へと引っ張る。蕗らのテーブルの横を通り過ぎるとき、福屋が顔を真っ赤にして小声で挨拶を寄越した。席に着くと、於兎がトレイを放り出して福屋の大きな体へとにじり寄る。蕗は身を乗り出し、様子を窺った。

於兎は潰れた耳に唇をつけんばかりにして囁いている。大きな胸を押しつけ、福屋の猪首を指先で撫でる。福屋は痙攣したように体を震わせ、にやけそうになる口をなんとか引き結ぼうとしていた。

大きな嘆息と共に腰を下ろし、「こんなことになっているとは」と璐は呻いた。それを見て祐里が豪快に笑う。

「いいじゃない。あの男だってこの先、きっと役に立つわよ」

「そうでしょうか」と呆れた顔のまま、祐里のグラスにワインを注ぐ。「まだまだって感じですけど」

「だったら他にも役に立ちそうなのが大勢いるでしょう、わたしみたいに。その人達に手伝ってもらえば？」

祐里と目を合わせ、璐も大きく笑顔を広げた。

「そうですね、課長」

そういってバッグにつけたビーズのストラップを指で弾いた。トラが四角い檻《おり》のなかに入っているという凝った作りのものだ。薄い黄色が天井のライトで煌めく。トラの足下にはＳＤカードが一枚敷かれていた。

本作品は書下ろしです。

※この作品はフィクションであり、実在する人物・団体・事件などには一切関係がありません。

松嶋智左（まつしま・ちさ）

大阪府在住。元警察官、日本初の女性白バイ隊員。退職後、小説を書きはじめ、2005年に北日本文学賞、2006年に織田作之助賞を受賞。2017年、『虚の聖域 梓凪子の調査報告書』（応募時タイトル「魔手」）で島田荘司選ばらのまち福山ミステリー文学新人賞を受賞。他の著書に〈女副署長〉シリーズ、〈巡査部長・野路明良〉シリーズ、『匣の人 巡査部長・浦貴衣子の交番事件ファイル』『使嗾犯 捜査一課女管理官』『降格刑事』などがある。

ブラックキャット

2024年10月30日　初版1刷発行

著　者　松嶋智左《まつしまちさ》

発行者　三宅貴久

発行所　株式会社 光文社

〒112-8011　東京都文京区音羽1-16-6

電話　編　集　部　03-5395-8254

書籍販売部　03-5395-8116

制　作　部　03-5395-8125

URL　光　文　社　https://www.kobunsha.com/

組　版　萩原印刷

印刷所　堀内印刷

製本所　国宝社

落丁・乱丁本は制作部へご連絡くだされば、お取り替えいたします。

ISBN978-4-334-10453-5